KB004340

스페인은 그리움이다

일러두기
· 스페인어의 한글 발음표기는 영어발음을 기준으로 하였다.
· 스페인과 관련된 지명, 인명, 건축물 등에 한정하여 스페인어로 철자표기하였다.

김순복 여행 에세이

스페인은 그리움이다

다차원
북스

여기서 나가는 지점을 생각하고
돌아와 편안한 순간을 기억하다

여행은 사랑과 닮았다고 한다.

둘 다 각자의 상황에 맞는 사적인 영역이다. 나는 미묘하게
여행 전 쌓이는 스트레스 때문에 주변에 알리지 않고 조용히
다녀오는 편이다. 다녀와서 풀어내고 싶으면 풀어내고 흘려
버리고 싶으면 흐르게 둔다. 스페인 여행을 통해 어린 시절의
나를 풀어내게 되었다.

어린 나는 여행이 좋았다.

마을 어귀를 벗어나는 사람의 뒷모습이 사라지는 것을 보
면 가슴이 먹먹해졌고, 돌아오는 사람의 얼굴을 보며 안심했
던 어린 시절을 떠올린다.

1960년대의 한국전쟁 실향민 친지들은 우리 집에 내려오면
한 달은 머물렀다. 어른들의 이야기를 들으면서 함께 먹고 자

고 극장에서 영화도 보곤 했다. 그들은 세상에서는 사라졌지만 잿빛 사진처럼 나의 기억에 남아 있다. 먼 길을 떠나고 돌아오는 그들이 아련하게 떠오른다.

겹쳐진 곡선이 만들어낸 전차길 위로 사람이 걷고, 차도 지나갔다. 신작로에 먼지를 날리며 뽐내던 시발(始發)택시, 증기기관차의 굉음과 수증기 그리고 통통배에 대한 기억은 기분 좋은 추억이다.

두 번의 서른 해가 지나도 내 가슴속에 살아 있는 할아버지!

중절모와 양복 그리고 지팡이로 멋을 내고 먼 길 먼 곳에 나를 데리고 가셨다. 다양한 사람들과 처음 보는 곳으로 이끌고 간 곳은 항상 신기했다.

할아버지는 내 나이 열 살 되던 해, 오월에 신선(神仙)이 되셨다. 상여를 뒤따라가던 처연함과 설움은 하얀 상복과 푸른 하늘, 그리고 화려한 만장과 커다란 종이 꽃송이들에 오버랩 된다. 내가 살던 곳에서 나갈 수 있는 지점을 생각한다. 그리고 돌아와 편안해하는 순간을 기억한다. 만남과 헤어짐 그리고 떠남과 돌아옴의 모습을 발견한 것이 내가 읽은 세상이다.

터키와 이집트에서 본 그리스·로마의 흔적은 새로운 여행의 씨앗이 되었다. 나이 오십이 되어 유프라테스 강과 나일 강을 본 감격은 나로 하여금 '세계문명의 발상지를 찾아보자. 삼년에 한 번씩은 여행을 계획하고 가족과 함께 할 시간을 만들어보자'고 마음먹게 하였다. 사실 그런 꿈은 훨씬 앞서 중학교 때부터 미리 심어놓은 지뢰였는지도 모른다. 내겐 행복한 순간이었다. 나는 그렇게 고대 그리스·로마를 노크하였다.

차창 너머로 양떼들이 지나가고, 레몬트리가 군데군데 줄지어 있다. 사람의 키를 훌쩍 넘어선 선인장이 가로수처럼 도열해 있다. 오렌지나무에서 떨어진 것들은 꽃잎이 툭툭 떨어지듯이 방치되어 있다. 소박한 길, 그저 누군가가 닦아 놓고 지나간 길들이 조급함을 타지 않고 조용히 누워 있었다.

터키에 함께 갔던 L은 스페인을 꼭 가보라고 권했다. 그는 정말 이야기를 좋아하는 사람이다. 끊임없이 경쾌한 어조로 즐거움과 생기를 불어넣어주었다. 그때부터 미지의 나라를 가슴속에 묻어 키웠다. 진심어린 누군가의 이야기가 다른 누군가에게는 생명의 싹이 될 수 있다.

나의 스페인 여행은 가족과 사회에 내 몫을 한 뒤 얻은 티

켓이다. 참고 이겨낸 뒤 자신에게 한 선물이자 약속이다. 가슴속에는 아직 청춘이 살아 있고, 꿈을 꿀 수 있고, 실컷 그리워할 수 있는 이름이 있었다.

한여름에 뜨거운 태양과 함께하는 스페인은 태양의 빛과 그림자가 선명했다. 찬란하다 못해 이글거리는 햇살을 피해 그늘과 숨바꼭질을 하였다. 태양의 찬란한 자유에 나는 거역하지 못한 채 태양의 열정을 기억하고 있다. 삶이 이토록 환하고 빛나는 것이었던지…….

밤 열 시가 되어서야 해가 겨우 넘어가는 곳, 살포시 검푸른 어둠의 장막이 사람들의 일상을 달래주고 쉬게 해준다. 낯선 색깔들에서 낯익은 색깔을 마주하였다. 낯선 곳에서 낯선 사람들과의 행복한 만남을 풀어내고자 한다.

차례

가우디에서 칼라트라바까지

_바르셀로나, 발렌시아

중세 이슬람 문화의 결정체인 〈알람브라 궁전〉의 아름다운 채색 타일부터
바르셀로나에서 볼 수 있는 가우디의 아르누보 건축 양식을 거쳐 발렌시아까지
스페인적인 특징이 현재까지도 이어져 온다는 것이 놀랍고 신기하다.
명암이 분명한 스페인의 오후, 건축물은 선명한 자태로 서 있다.
묵묵히 그 자리를 지키며 사람들과 함께 살아간다.

16 스페인은 그리움이다

추억을 소환하는 영국의 록 그룹 퀸(Queen)의 명곡 〈바르셀로나(Barcelona)〉의 주문에 걸려들었다. 오페라와 록이 묘하게 뒤섞이고 오케스트라 반주에 가슴이 뛰는 곡을 꼬옥 안고 바르셀로나 공항에 도착했다.

퀸의 명곡 〈바르셀로나〉는 바르셀로나 출신 소프라노 몽세라 카바예(Montserrat Caballé, 1933~2018)와 그녀를 흠모하고 존경하는 퀸의 보컬 프레디 머큐리(Freddie Mercury, 1946~1991)의 듀엣 곡이다. 몽세라의 요청으로 프레디가 곡을 만들었다고 하는데 영어와 스페인어로 한 소절씩 흥얼거려 본다. 함께 주문하여 소환한 곡은 〈위 아더 챔피언즈(We are the champions)〉다. 이 도시를 상징하는 소프트웨어 측면으로 퀸의 명곡을 먼저 들었지만 하드웨어 측면으로는 스펙트럼이 매우 넓다. 이제 그 스펙트럼을 펼치고자 한다.

스페인의 태양이 붉은 입술을 머금고 있다. 카탈루냐(Cataluña)

로 향하는 비행기 안에서 따뜻한 커피를 한잔하자 정신이 번쩍 든다.

그랜드 박은 정말 이야기하기를 좋아하는 사람이다. 끊임없이 경쾌한 어조로 즐거움과 생기를 불어넣어준다. 이베리아(Iberia) 땅을 밟으려 내려다보는 바르셀로나는 알록달록 생기가 넘치는 색깔로 다양했다. 윤곽이 뚜렷한 여인네들, 아이라인이 짙은 여인들이 눈에 들어온다.

짐을 풀고 호텔 바에서 맥주를 한잔했다. 카페에서 노래하는 여가수의 목소리는 짙고 촉촉했지만 반면에 카스텔라가 말라가는 듯한 특유한 목소리를 지녔다. 일교차가 심한 곳이라 그런지 가죽 재킷으로 몸을 감싸고 홀로 한두 사람 앞에서 노래하는 모습은 독특한 집시의 모습을 보여주었다.

바르셀로나가 한눈에 쏙 들어오는 산으로 조금 힘겹게 올라갔다. 바르셀로나 올림픽의 마라톤 금메달리스트 황영조(黃永祚, 1970~) 선수를 떠올리는 마의 언덕이다. 몬(Mont, 산)과 주익(Juïc, 유대인)을 합쳐 '유대인의 산'이란 뜻의 몬주익(Montjuïc) 언덕은 과거의 비극을 뒤로하고 바르셀로나를 멋지게 조망할 수 있는 멋진 공간으로 재탄생했다.

총 길이 4.5km 상당의 바닷가와 산을 함께 품은 이 도시는

'유대인의 산'이란 뜻의 몬주익 언덕은 과거의 비극을 뒤로하고 바르셀로나를 멋지게 조망할 수 있는 멋진 공간으로 재탄생했다. 이곳에 자리한 〈카탈루냐 미술관〉은 1929년 바르셀로나 만국박람회장으로 쓰였던 곳을 개조해 만든 미술관이다.

지중해를 건너 로마와 닿아 있다. 마을을 만들고 성당을 짓고 성을 쌓아올린 오랜 역사를 가진 곳이다. 고대, 중세를 지나 근대, 현대에 이르는 모든 건축물들의 보고(寶庫)이다.

이 도시의 건축물 중 기념비적인 건축물은 로마 성벽 안쪽에 있다. 교회, 궁전, 대성당과 함께 왕의 광장으로 대표되는 시대적 아름다움을 보여준다. 자연과 역사 그리고 현대가 매끄럽게 소통하고 있다.

십여 년 전 바르셀로나 해변에는 거대한 오바마의 모습이 나타났었다. 예술가 로드리게스 제라다가 자갈과 모래를 이용하여 1ha 크기의 당시 민주당 대선후보 버락 오바마(Barack

Obama, 1961~, 미국의 44대 대통령)의 얼굴을 만들었던 것이다.

람블라스 거리(La Ramblas)와 바다가 만나는 광장에는 1888
년 미국과의 교역기념으로 지은 거대한 콜럼버스 탑(Mirador de
Colom)이 서 있다. 그리고 그 앞에는 항구 포트 벨(Port Vell)이
있다. 이사벨라 여왕(이사벨 1세, Isabel I, 1451~1504)이 아메리카
대륙을 발견한 탐험가 콜럼버스(Christopher Columbus, 1451~1506)
를 마중한 역사적인 곳으로, 출항한 곳은 세비야의 팔로스 항
(Port of Palos)이요, 귀항한 곳이 바르셀로나의 포트 벨이다.

포트 벨을 뒤로하고 람블라스 거리를 따라 걷다보면 수
많은 거리의 예술가들을 만날 수 있다. 파블로 피카소(Pablo

람블라스 거리와 보케리아 시장은 다양한 사람들이 오고 가는, 활기가 넘치는 곳이다. 성 요셉 시장(Mercat de Sant Josep)이라고도 불리는 보케리아 시장은 람블라스 거리를 걷다 보면 쉽게 만날 수 있는 골목 안에 자리 잡고 있다.

Picasso, 1881~1973, 스페인 태생의 화가)가 살았었다는 집과 호안 미로(Joan Miro, 1893~1983, 스페인의 화가)의 모자이크가 있는 거리는 또 다른 생명력을 불러일으킨다.

　백 년 전의 수도원이 재래시장으로 재탄생한 보케리아 시장(Mercado de La Boqueria)도 들렀다. 천상의 과일은 다 모아놓은 듯 컬러풀한 색깔의 향연은 무채색의 일상에 생기를 불러일으킨다. 오색찬란한 생과일주스가 예쁘게 진열되어 있고 화려한 색깔의 과자들도 자태를 뽐낸다. 푸줏간, 해산물 가게 등의 농수산물도 다양하게 진열되어 있다. T는 시장에 가면 삶의 에너지가 절로 솟는다고 했다. 아니나 다를까 지금까지 보아온 중 가장 행복한 표정을 짓고 있다.

　람블라스 거리는 오래 묵은 플라타너스가 양쪽으로 도열해 있는 걷기 좋은 1Km 남짓한 이벤트의 파노라마이다. 물이 흐르는 듯한 파도형의 타일이 바닥에 촘촘히 덮여 있다. 물이 흐르고 흘러간 물이 모인 바다의 습기가 느껴지는 곳이다.

　바르셀로나에 자리한 피카소의 첫 번째 작업실은 전형적인 '클래식 고딕'의 모습이다. 하지만 바르셀로나는 '모더니즘'의 도시로 더 알려져 있다. 또한 '네오고딕'으로 유명한 안토니오

가우디(Antoni Gaudi, 1852~1926, 스페인의 건축가) 작품의 특징은 모자이크, 곡선 그리고 철이다. 타일 조각을 모아 건축물에 모자이크로 사용한 〈카사 바트요(Casa Batlló)〉, 돌과 주물로 이루어진 〈카사 밀라(Casa Milà)〉 외에도 〈사그라다 파밀리아(Sagrada Familia)〉, 〈카사 비센스(Casa Vicens)〉, 〈구엘 공원(Parc Güell)〉 등 가우디의 작품은 도시의 곳곳을 화려하게 채색한다.

그는 당시 시대를 너무나 앞서간 천재였다. 그러나 지금은 그 앞서간 천재가 바르셀로나를 먹여 살리고 있다고 해도 과언이 아니다. 바르셀로나는 알록달록한 원색이 살아 있는 곳이며, 화려하고 빠르게 변화하는 모습이 마치 도시 전체가 함께 움직이는 미술관과 같은 곳이다. 이곳엔 언제나 좋은 바람이 불고 햇빛에 익은 건축물들이 그 모습을 뽐내고 있다.

소프라노 몽세라 카바예와 퀸의 보컬 프레디 머큐리가 오케스트라 반주에 맞춰 〈바르셀로나〉를 부르고 있다. 그녀가 자신의 고향을 위해 곡을 만들어달라고 부탁한 것을 시작으로 그들은 오페라와 록의 서로 다른 장르를 넘나들며 여덟 차례나 듀엣 앨범을 냈다. 두 천재간의 조우이다. 지금은 신선이 되어 천상에서 더 풍부하고 더 화려하게 스페인처럼 뜨겁고 즐겁게 노래할 것이다.

고대도시로 평가되는 발렌시아(València)의 미래 건축물 콤플렉스 '예술과 과학의 도시(Ciudad de las Artes y las Ciencias)'를 찾았다. 이곳은 건축가 산티아고 칼라트라바(Santiago Calatrava, 1951~)가 자신의 출생지 발렌시아에 헌정한 선물이다.

나는 예술과 과학은 별개라고 생각한다. 그러나 '테크닉

(Technic)'의 어원이 실은 '예술과 과학'이라는 그리스어 '테크네 (Technē)'에서 온 것이니 '가장 과학적인 것이 가장 예술적인 것이고, 가장 예술적인 것이 가장 과학적이다'라는 말에는 동의한다.

탄성이 절로 나오는 칼라트라바의 여러 작품 중 오페라 하우스 〈소피아 여왕 예술 궁전(Palau de les Arts Reina Sofía)〉은 말로 표현하기 어려운 묘한 매력을 지니고 있다. 그 지붕에서 반사되어 나오는 빛을 보고 있자면 마치 머릿속에 시원한 바람이 지나가는 느낌이다.

〈소피아 여왕 예술 궁전〉의 지붕에는 가우디가 창시한 모자이크 타일 장식인 '트렌카디스(Trencadis) 기법'의 DNA가 녹

다른 곳의 건축물이 스페인의 과거라면 발렌시아의 '예술과 과학의 도시'는 스페인의 현재이자 미래이다. 투리아(Turia) 강을 매립한 땅에 건설한 이곳은 수려한 곡선과 강렬한 직선이 절묘하게 조화를 이루어 상상 그 이상을 보여주는 걸작이라 평가받는다. 〈소피아 여왕 예술궁전〉 외에도 거대한 수족관과 과학관, 아고라 등 다양한 건축물이 있다.

아 있다. '아술레호(Azulejo, 건물의 내·외장에 사용되는 채색 타일)'를 이용한 모자이크 형식의 건축과 조형물은 스페인의 여러 곳에서 볼 수 있다. 중세 이슬람 문화의 결정체인 〈알람브라 궁전〉의 타일 장식과 가우디의 아르누보 건축 양식, 그리고 칼라트라바의 건축물까지. 중세부터 내려오는 스페인적인 특성이 현재까지 이어져 온다는 것이 놀랍고 신기하다.

명암이 분명한 스페인의 오후에도 건축물은 여전히 선명하게 그 자태를 드러내고 서 있다. 그림은 사람의 선호도에 따라 떼어내거나 옮길 수 있지만 건축물은 언제나 같은 모습으로 같은 자리를 지키며 사람들과 함께 살아간다.

카탈루냐 최대의 시인 호안 마라갈(Joan Maragall, 1860~1911)은 1900년 가우디의 〈사그라다 파밀리아〉를 본 뒤 감탄하며 이렇게 외쳤다.

"이보다 더 깊은 의미를 지니고, 더 아름다운, 끝내 한 사람의 인생을 그의 삶보다도 더 오래 지속될 작품에 모조리 바쳐버린, 아직 다가올 세대를 걸쳐 향유될 작품이 있는가? 이토록 가치 있는 작업을 하기 위한 사람은 어떤 마음의 평정을 유지해야 한단 말인가! 시간과 죽음은 얼마나 무례한가! 영원의 서두른 앞당김이여!"

'수난의 파사드'는 예수의 죽음과 부활을 둘러싼 사건들에 관한 조각들이다. 서쪽에 위치하고 있어 해가 질 무렵이면 그림자의 음영이 매우 강렬해지는데, 이는 수비라치가 의도한 효과이기도 하다.

가우디는 이렇게 말했다.

"내가 이 성당을 완성할 수 없다는 것은 슬퍼해야 할 일이 아니다. 대신에 이 성당을 다시 시작하는 사람들이 나타날 것이다."

〈사그라다 파밀리아〉에는 총 세 개의 파사드(Facade, 건물의 출입구로 이용되는 정면 외벽 부분)가 있다. 이 중 '수난의 파사드(Passion Facade)'는 스페인 출신의 조각가이자 건축가인 수비라치(Josep Maria Subirachs, 1927~2014)가 조각하였다. 그는 조각에 들어가기에 앞서 1년간 가우디의 작품을 연구하였다. 가우디의 뒤를 잇는다는 것이 대단한 영광인 동시에 아주 큰 부담이었을 것이다.

가우디가 곡선을 사용하여 고전적이고 섬세한 조각을 한 것과는 대조적으로 수비라치는 과감한 직선을 사용함으로써 현대적이고 추상적인 조각을 하였다 .

앞서 가우디가 만든 '탄생의 파사드(Nativity Facade)'와는 극명하게 다른 분위기로 많은 비판에 시달기도 하였지만, 그는 자신만의 스타일로 '수난의 파사드'를 만들어 나갔다. 자신의 신념을 끝까지 포기하지 않고 가장 그다운 방식으로 '수난의 파사드'를 완성시킨 것이다.

'탄생의 파사드'는 가우디가 살아생전 대부분 완성시킨 작품이다. 그가 채 완성시키지 못한 '탄생의 파사드' 일부를 완성시킨 후대 건축가 중의 한 사람이 일본의 소토 에츠로(外尾悅郎, 1953~)이다. 소토 에츠로는 2000년 60여 명의 경쟁자를 물리치고 선발된 비(非) 카탈루냐인이며, 수비라치 사후 '영광의 파사드(Glory Facade)'를 작업하고 있는 현재의 총감독이다.

그가 아기 예수의 탄생을 축하하는 15명의 천사상을 만들면서 '탄생의 파사드'는 비로소 완성에 이르게 되었다. 가우디를 시작으로 소토의 마무리까지 흐른 세월이 족히 100년이다.

어딘가는 그대로 복원되고 어딘가는 재해석되어가며 〈사그라다 파밀리아〉의 조각은 시대의 많은 예술가들의 손에 의해 완성되고 있다. 가난한 신자들의 신앙 단체를 위한 성당으로 시작된 〈사그라다 파밀리아〉가 중세의 대성당처럼 백 년을 훌쩍 넘겨가며 지어지고 있는 것이다.

몇 백 년의 시간을 걸려 완공한 대성당을 보며 함께 호흡하며 자란 이들이 가우디라는 천재의 뒤를 이어서도 함께 호흡하고 있다. 내겐 참 부러운 나라의 사람들이다.

건축가 김광현(金光鉉, 1953~)은 말했다.
"건축은 모두가 함께 짓는 것이다. 건축물을 짓겠다고 기

'탄생의 파사드'는 예수의 탄생과 유년기 등 그의 일생을 담고 있다. 하늘을 향해 치솟은 네 개의 탑은 네 명의 사도에게 바치는 것이라고 한다.

획한 이, 그것을 설계한 이, 또 그것을 실제로 짓는 이들, 그
것을 사용하는 사람 모두가 함께 짓는 것이다. 그래서 건축은
커다란 사회적 디자인이다. 회화나 조각은 함께 만들 수도 없
고 함께 소유할 수도 없다. 그러나 건축은 함께 지어야 함께
소유할 수 있다. 건축을 구조물의 한 가지로만 여기거나, 경
제적 이득으로만 따지거나, 어떤 건물이 지어지든 말든 관심
이 없는 안이한 사회는 결코 거대한 사회적 디자인을 만들 수
도 없고, 소유할 수도 없다.”

가우디, 수비라치, 소토 세 사람 모두 그들의 생애 중 40여
년을 〈사그라다 파밀리아〉에 매달렸다. 카탈루냐인을 넘어서
동양인, 더 나아가 세계인으로까지 확장된 건축물을 지어올
리고 있다.

히포크라테스(Hippocrates, B.C.460?~B.C.377?, 고대 그리스의 의
사)는 “인생은 짧고 예술은 길다”라고 했지만, 시공(時空)을 떠
나 한 대상에 함께 미칠 수 있고, 사유할 수 있는 면에서는
‘인생도 길고, 예술도 길다’고 나는 생각한다.

02

Franco
&
Guerra
Civil Española

프랑코와 스페인 내전

프랑코와 스페인 내전

_마드리드

유럽의 서쪽 끝에서 우(右)로 일직선을 그으면서 아시아의 동쪽 끝까지 가보자.
전자는 지중해 너머 '세상의 끝'이라 여겼던 곳이요.
후자는 옛날 중국인들이 '해동(海東)'이라 이름 붙인 곳이다.
지구의 정반대쪽에 내전을 겪은 두 나라가 있다.
사람들은 전후를 살아가는 나라의 상처를 들쑤시기도, 어루만지기도 한다.

'모든 길은 로마로 통한다!'

17세기 프랑스 시인 라퐁텐(Jean de La Fontaine, 1621~1695)의 '우화' 중에 나오는 시구(詩句)다.

그러나 스페인에서 모든 길은 마드리드로 통한다. 마드리드의 푸에르타 델 솔(Puerta del Sol, 마드리드 중심에 있는 광장)은 스페인의 심장으로, 아홉 개의 주 도로가 이곳에서 뻗어나가고 있다. '태양의 문'으로 불리는 솔 광장에는 스페인의 모든 도로가 시작되는 'km.0 원표(元標, Oregen de las Carreteras Radiales)'가 있다. 여기를 밟으면 스페인으로 다시 돌아온다는 전설이 있어 항상 사람들로 북적인다. 원표 위에 두 발을 맞춰본다.

드디어 3년 만에 다시 찾아왔구나!

푸에르타 델 솔에서 마드리드 최고 번화가 그란 비아(Gran Vía)로 이어지는 프레시아도스(Preciados) 거리에는 쇼핑하는 즐거움과 인파의 다채로움으로 가득하다. 건물과 건물 사이를 이어 놓은 뙤약볕을 가리는 색 보자기의 그늘막이 보인다. 하늘하늘한 천이 지붕이 되는 너른 골목길은 파사쥬(Passage, 통로, 복도)와 같은 느낌을 준다. 뜨거운 태양을 피하여 그늘 속으로 숨기만 하여도 서늘해지는 곳, 여기는 스페인이다.

파란색, 노란색, 하얀색의 세 줄 사각형 그늘막이 돛을 단 비행선처럼 공중에 우아하게 떠 있다. 그 아래에서 북아프리카의 유럽인 같은 느낌의 남녀가 탱고를 추고 있다. 베르베르인(Berber人)이 아닐까 싶다. 색색의 그늘막 아래에서 탱고를 추는 한 쌍의 남녀의 모습은 마치 그림과 같다. 나는 눈을 뗄 수가 없었다. 사람들의 시선과 애잔한 음악, 그리고 절도 있는 춤동작에 한참 동안 집중했다.

우아한 몸짓이 거리의 품격을 올려놓는다. 자연스러운 탱고의 무대도 관객들도 그러하다. 유모차를 세우고 아가와 함께 구경하는 엄마, 지나가는 젊은이들, 신기한 눈길로 집중하는 나와 같은 사람들도 모두 인상적이다.

친구들은 쇼핑에 열을 올렸다. 백화점에서 만나기로 하고 둘둘 짝을 지어 콩처럼 흩어졌다. 탱고의 무대가 되었던 곳 바로 앞에는 '캠퍼(Camper)' 매장이 있었다. 나는 캠퍼 구두를 십오 년째 신고 있다. 밑창을 수선하려하니 품절된 상품이라

16세기까지 태양의 모습이 새겨진 성문이 있어서 '태양의 문'이라고 불리는 솔 광장에 가면 이곳의 상징인 '곰과 마드로뇨 나무 동상(El Oso y el Madroño)'을 볼 수 있다. 여러 곳으로 뻗어나가는 도로가 있어 밤늦은 시간까지 많은 사람들이 오고 가는 곳이다. 중심가에 위치한 규모가 큰 광장이라 다양한 행사나 집회도 자주 열린다.

내가 좋아하는 캠퍼의 구두는
플라멩코 슈즈를 닮았다. 이번
여행에서 구입한 캠퍼 구두 또
한 그 분위기가 크게 다르지 않
다. 내가 좋아하는 스페인, 내
가 가진 스페인 취향, 어찌 보
면 아주 자연스러운 것이다.

타 제품의 밑창으로 수선하여 아직도 신고 있다. 애착이 가는
연한 핑크빛 구두인데 찬찬히 살펴보면 플라멩코 슈즈와 닮
았다. 토종 스페인 신발이니만큼 이번 여행에서 구입한 캠퍼
구두는 투우용 발레 슈즈라는 느낌을 지울 수가 없다. 스페인
의 취향이 묻어나는 구두를 좋아하여 애용하고 있는 셈이다.

그늘막과 캠퍼 앞에서 탱고를 추는 거리의 예술가, 그리고 나의 스페인 취향 구두에 대한 애착을 함께 버무려 생각해본다.

프레시아도스 거리에는 스페인 최대의 백화점 체인인 '엘 코르테 잉글레스(El Corte Inglés)'가 있다. 그곳에서 우리는 쇼핑에 몰입하며 선택과 집중을 하였다. 그러다보니 친구라는 연결된 끈을 잠시 놓아버렸고 그 틈을 타 서로 우왕좌왕했다. 각자의 쇼핑에 대한 선호도는 본능적이고 원초적이며 감각적이다. 그것은 가치에 대한 판단의 대상이 아님을 나는 잘 알고 있다.

내가 가족과 이곳에 왔을 때 T와의 추억이 떠오른다. 윤이가 T에게 선물하려고 FC바르셀로나의 리오넬 메시(Lionel Messi, 1987~, 아르헨티나 출신의 축구선수)의 티셔츠를 샀다는 자체에 대해 T의 이해할 수 없는 감정이 공항에서 폭발하고 말았다. 대화를 넘어선 묵비권 행사였지만 귀국하여 시간이 흐르자 묵은 추억(追憶)이 되어 T에 대한 심리파악에는 많은 도움이 되었다. 친구들과도 좀 색다른 '엘 코르테 잉글레스 백화점 쇼핑의 추억'이 생겼다.

쇼핑하느라 뿔뿔이 흩어졌던 친구들이 우여곡절 끝에 동물적인 감각으로 찾아와 만난 곳은 마요르 광장(Plaza Mayor)이었다. 우리는 광장의 가로등에서 재회하였다.

가로 90m, 세로 109m의 광장 사방에는 회랑이 있는 붉은색 직사각형 건물이 둘러져 있다. 9개의 아치형 출입구를 가지고 있는 거대한 건물이다. 아름다운 아치 위의 건물을 올려다보려면 목을 뒤로 젖혀야 한다. 한눈에 들어오지 않는 파노라마이다.

한가운데에 펠리페 3세(Philip Ⅲ. 1578~1621)의 청동기마상을 중심으로 두 개의 뾰족탑이 두 개의 청동가로등과 함께 대칭을 이루고 있다. 두 개의 뾰족탑이 균형 있게 설치된 건물은 '빵의 집'이란 뜻의 〈카사데라 파나데리아(Casa de la Panadería)〉이다. 이곳은 마요르 광장 조성과 동시에 지은 건물로 광장 최초의 건축물이기도 하다.

청동가로등은 불을 밝히는 기능도 있지만 광장의 전체적인 조형과 밤의 분위기를 최대한으로 끌어올리는 역할도 한다. 가로등 받침대의 조형물은 가면무도회를 조각한 청동 부조였다. 인물이 살아 움직이는 듯 금방이라도 부조 밖으로 뛰쳐나올 것만 같다.

예쁜 반달이 뜬 새까만 하늘에 마요르 광장의 돌바닥에 비추는 노란빛이 건물이 뿜어내는 하얀 조명을 만나 신비로움을 더한다. 제복을 입은 악대가 도열하여 청동기마상을 에워

1619년 지어진 마요르 광장은 각종 행사, 투우 경기 등 다양한 용도로 사용되었다. 여러 번의 화재로 본래의 모습은 잃었지만 19세기에 재건축되었다. 광장을 둘러싼 건물의 1층에는 카페와 식당, 기념품점들이 있다. 마드리드 시민들이 사랑하는 휴식의 공간이기도 하다.

미술의 황금삼각지대라고 불리는 〈프라도 미술관〉과 〈국립 소피아 왕비 예술센터〉 〈티센 보르네미사 미술관〉이 몇 걸음 안되는 곳에 모여 있다. 〈국립 소피아 왕비 예술센터〉의 컬렉션은 〈프라도 미술관〉이 소장하고 있던 20세기 작품들이 기반이 되었으며, 〈티센 보르네미사 미술관〉은 영국의 엘리자베스 여왕에 이어 개인으로는 세계 2위의 예술 수집가로 유명한 티센 보르네미사 남작 부자가 1920년대부터 수집한 컬렉션을 바탕으로 전시하고 있다.

싸면서 연주하고, 화단에 걸터앉은 사람들은 밝은 조명 속에서 연주를 즐기고 있다. 까만 밤과 환한 조명의 조화로움을 즐기는 사람들의 모습에서는 늦은 시간에도 여전한 생기와 행복을 찾아볼 수 있다.

광장 근처 호텔 모데르노(Moderno Hotel)의 동상 앞은 많은 사람이 오가는 길목이다. 바닥에 보자기를 펴놓고 장사하는 사람의 눈길이 예사롭지 않다. 경찰이 다가오면 보자기 네 귀퉁이를 연결한 긴 끈을 당겨 팔던 물건을 챙겨 묶는다. 이방인들의 모습도 거리와 자연스럽게 어울린다. 하늘의 색 보자기와 땅 위의 하얀 보자기의 조화라고나 할까, 스페인 사람들은 내가 표현한 보자기를 어떻게 표현하는지 매우 궁금하다.

멀지 않은 곳에는 미술의 황금삼각지대라고 불리는 Big 3 미술관들이 모여 있다. 〈프라도 미술관(Museo Nacional del Prado)〉 옆의 멋진 산책길을 따라 내려가면 〈국립 소피아 왕비 예술센터(Museo Nacional Centro de Arte Reina Sofía)〉이 있고, 횡단보도를 건너 오른쪽으로 가면 〈티센 보르네미사 미술관(Museo Thyssen Bornemisza)〉이 있다. 〈국립 소피아 왕비 예술센터〉은 꽤 늦은 시간인 9시까지 관람할 수 있어서 스페인의 저녁을 예술로 풍부하게 만들어준다고 한다. 동네의 이웃처럼 가까이 있는 마드리드 골든 트라이앵글이 무척이나 부럽다.

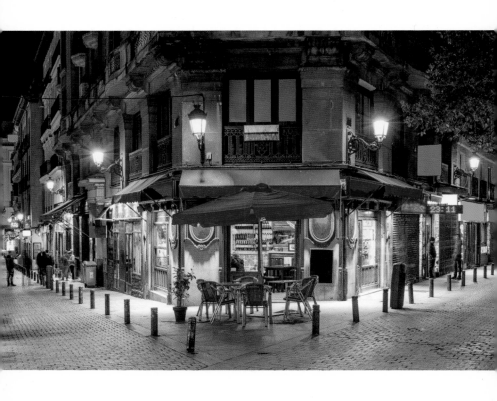

50 스페인은 그리움이다

푸에르타 델 솔에서 마요르 광장으로 빠지는 골목은 굴곡이 심하고 좁다. 그 골목의 좌우엔 중세 마드리드의 정취가 풍기는 술집이 즐비하다. 굳이 비교하면 무교동의 대폿집과 비슷하다고 하고 싶지만 격식이 다르다.

어림잡아 200~300년이 넘은 역사를 지닌 그 술집들에선 고야(Francisco José de Goya y Lucientes, 1746~1828, 스페인의 화가), 벨라스케스(Diego Rodríguez de Silva Velázquez, 1599~1660, 스페인의 화가), 엘 그레코(El Greco, 1541~1614, 그리스 출생의 스페인 화가)의 모습을 그려볼 수 있다.

내란 전·후엔 앙드레 말로(Andre Malraux, 1901~1976, 프랑스의 소설가, 정치가), 어니스트 헤밍웨이(Ernest Miller Hemingway, 1899~1961, 미국의 소설가), 존 더스 패서스(John Dos Passos, 1896~1970, 미국의 소설가), W. H. 오든(Wystan Hugh Auden, 1907~1973, 미국의 시인) 등도 이 근처의 술집에서 흥청거렸을 것이다.

나림(那林) 이병주(李炳注, 1921~1992, 언론인 겸 소설가)의 저서 《스페인 내전의 비극》에서 '나는 지금 마드리드의 뒷골목에서 술을 마시고 있다.'는 감상이 예사로울 수가 없다.

이 구절을 읽으면 브레히트(Bertolt Brecht, 1898~1956, 독일의 작가)의 시 〈살아남은 자의 슬픔〉이 떠오른다고 김윤식(金允植, 1938~2018, 문학평론가)은 말했다.

'전몰자의 계곡'은 1975년 프랑코 총통 사망 이후 스페인 전역에서 민주화 운동이 일어나자, 화합과 화해를 위한 것이 아니라 프랑코 총통 자신을 위한 승전 기념관에 불과하다는 평가를 받아왔다.

먼 산 너머 프랑코(Francisco Franco, 1892~1975, 스페인의 군인, 정치가) 총통의 무덤 위 거대한 십자가는 멀리서도 확연히 잘 보인다. 십자가의 높이는 150m에 달하고, 그로부터 250m 아래 프랑코가 누워 있다.

'전몰자의 계곡(El Valle de los Caídos)'이라고 이름 지어진 이곳은 스페인 내전 중 사망한 4만여 명의 전몰자의 무덤을 안치한 곳이다. 프랑코 총통이 좌우 이념의 화합과 화해를 도모한다는 명분을 내세워 1940년부터 18년에 걸쳐 조성하였다.

하지만 이곳이 프랑코 개인의 승전 기념관과 개인 무덤으로 쓰여 국민들의 반발을 샀다. 프랑코가 죽자 시민 사회단체에서는 전몰자 계곡에서 프랑코의 무덤을 이장하라고 요구하고 있다.

그의 손자, 손녀 일곱은 아직 현존해 있다. 독재자 프란시스코 프랑코는 아직 살아 있는 것이다. 유럽의 파시스트(Fascist)의 마지막 산물이 바른 방향으로 해결되길 바란다.

오랫동안 피를 흘리고 싸워온 대가로 스페인은 '사람 존중의 정치'를 표방한다고 한다. 그리고 왕따 문화는 존재하지 않는다고 한다. 현지인이 그렇게 자랑하는데 과연 사실인지는 모르겠다.

스페인 내전(1936~1939)을 다룬 3대 걸작이 있다.

헝가리 출신의 미국인 사진작가인 로버트 카파(Robert Capa, 1913~1954)의 〈총에 맞은 병사〉와 피카소의 그림 〈게르니카〉, 그리고 헤밍웨이의 소설 《누구를 위하여 종은 울리나》이다.

세계 3대 르포문학으로 꼽히는 조지 오웰(George Orwell, 1903~1950, 영국의 소설가)의 《카탈루냐 찬가》에도 스페인 내전의 생생한 모습이 담겨 있다. 그 외에도 수많은 작품에서 스페인 내전이 배경이 되었다.

동시대를 살았던 로버트 카파와 영화배우 잉그리드 버그만(Ingrid Bergman, 1915~1982)의 사랑, 피카소와의 교류, 헤밍웨이와의 만남 등에서 그들의 아픔을 표현하는 방법은 가장 순수하고 아름다운 내면의 조우였을 것이다. 프랑코와 그들을 떠올리며, 세상을 떠난 자와 남아 있는 자는 세상을 함께 살아가고 있다.

생텍쥐페리(Antoine Marie Roger De Saint Exupery, 1900~1944, 프랑스의 소설가)는 "내전은 전쟁이 아니라 병(病)이다. 적(敵)이 내 안에 있고, 사람들은 거의 자기 자신과 싸운다."고 했다. 피카소의 〈게르니카〉 또한 영원히 남아 내전의 참상을 고발할 것이다.

베트남에서 프랑스군의 행군 모습을 향해 셔터를 누르던 로버트 카파는 지뢰를 밟았다. 그의 몸은 산산이 부서졌지만 땅에 떨어진 왼손에는 마지막까지 카메라가 쥐어져 있었다. 그가 그토록 카메라에 담고 싶었던 장면이었을지도 모른다.

《누구를 위하여 종은 울리나》는 스페인에 특별한 애정을 가지고 있었던 헤밍웨이가 스페인 내전을 계기로 쓰게 된 소설이다. 헤밍웨이는 파시스트에 대항하여 스페인 공화파에 가담하였고 직접 전쟁에 참가하여 부상을 입기도 하였다.

〈게르니카〉는 스페인의 작은 도시 게르니카에서 스페인 내전 당시 벌어진 참상을 피카소 특유의 입체파 양식으로 담은 대작이다. 게르니카 시내의 한 담벼락에 타일로 만든 〈게르니카〉가 있다. 원작은 마드리드 〈국립 소피아 왕비 예술 센터〉에 보관되어 있다.

1950년 한반도에서 벌어진 동족상잔의 비극은 어떤가. 비극의 역사는 현재 진행형이다. 아직도 6·25사변(事變), 6·25동란(動亂), 한국전쟁(Korea War)까지 다양한 이름으로 불리며 용어 통일조차 안되었다. 학계에서는 내전이었느냐, 국제적 전쟁이었느냐 논의도 제대로 나지 않았다. 정치적·학문적 미완(未完)의 상태가 예술적 탐구에도 영향을 미치는 건지, 한반도의 슬픈 역사는 〈게르니카〉처럼 세계적 예술 무대에서 치열하게 조명받은 적이 없어 보인다. 우리의 아픔이 우리만의 슬픔으로 기억되어 끝내 잊힐까 두렵다.

6·25 한국전쟁 뒤에 태어난 나는 이념의 치열한 대립 속에서 살아왔다고 생각한다. 《새는 '좌·우'의 날개로 난다》의 저자 리영희(李泳禧, 1929~2010, 언론인, 사회운동가) 선생의 말처럼 날지 못하는 새는 작은 꿈밖에 꿀 수 없다.

스페인이 내전과 프랑코 시대로부터 빠져나와 지금의 스페인이 된 것은 같은 아픔을 지닌 우리로서는 매우 고무적인 일이다. 우리는 현재 일제 식민치하 36년의 2배가 넘는 분단의 현실과 마주하고 있다. 100년이 훌쩍 넘은 우리의 숙제이다. 좀 더 단단한 나라로 가는 길에서 우리의 방향을 정립하는데 힘을 덧붙이고 싶다.

Córdoba
&
Mr. Obama

코르도바와 미스터 오바마

코르도바와 미스터 오바마

_코르도바

로마, 이슬람, 기독교의 자연스러운 흔적과 켜켜이 쌓인 덧댐,
세월이 만들어 낸 기록 위에 살고 있는 코르도바 사람들이 참 부럽다.
이념이나 편리함에 취해 쉽게 없애고 부숴버리는 습관이 안타깝다.
사람의 흔적을 보존하고 덧대고 붙이는 과정을 남기는 것이 역사이다.
귀한 것들이 사라지고 있는 현실을 함께 아파하면 좋겠다.

성문 앞 우물 곁에 서 있는 보리수
나는 그 그늘 아래 단꿈을 꾸었네

바리톤의 음색이 잘 어울리는 슈베르트(Franz Peter Schubert, 1797~1828, 오스트리아의 작곡가)의 연작 가곡 〈겨울 나그네〉 중 〈보리수〉는 디트리히 피셔 디스카우(Dietrich Fischer Dieskau, 1925~2012, 독일의 성악가, 지휘자)가 지적이고 관조적인 담담함으로 낭송을 하였다면, 헤르만 프라이(Hermann Prey, 1929~1998, 독일의 성악가)는 낙천적이고 윤기가 흐르는 가창을 선보였다.

코르도바(Córdoba) 알모도바르 성문(Puertas de Almodóvar)에 대해 나는 상당한 시각적인 공을 들이고 있다. 석축이 되는 큰 돌과는 달리 성벽은 작은 돌들로 쌓여 있어 돌에 숨어 있는 이야기를 들려주는 것 같다. 성곽을 이루는 돌들의 교향악을 위한 스토리텔링이 되는 것이다.

성문의 높이에 비해 폭은 그리 넓지는 않다. 신기한 것은 성문 위에는 문루(門樓)가 없는 대신 스페인 성곽 특유의 화살 표 모양의 여장(女牆, 女墻, 낮은 담장)이 얹혀져 있다는 것이다.

동화 속의 성곽과 같이 단순하면서도 명쾌하며 어린 아이 들이 뚝딱거려서 만든 담장처럼 화살표 모양의 아바타(Avatar, 가상현실에서 자신의 역할을 대신하는 캐릭터)가 인상적이다. 파란 하늘을 찌를 듯이 서 있는 황톳빛 화살표 담장이 나에게 선명 한 깨끗함으로 다가왔다.

서울성곽(한양도성)을 따라 길을 걸었던 적이 있다. 성곽의 아랫동네에는 불이 켜져 있고 어둠 속에 존재하는 사람들의 차분함을 오랫동안 그물로 낚았다. 나는 아직까지도 그때의 여유롭고 절제된 분위기를 그리워하며 기억한다.

서울성곽과 마찬가지로 코르도바의 성곽도 성 안팎을 구분 하고 있으며, 성이 도시 전체를 둘러싸고 있었다. 어쩌면 중 세의 읍성의 모습을 커다란 돌담 안에 간직하고 있는지도 모 른다. 이천 년 동안 서 있는 로마의 원형 기둥에 덧붙인 석축 과 석벽에는 검고 푸르스름한 곰팡이가 부활을 거듭하고 있 었다. 또한 석벽 사이로 낸 창은 하나의 그림이 되어 내게 다 가왔다.

성벽 바깥 성문 너머 세상에 해자가 있다. 그 뒤로는 의외로 탁 트인 한적한 공간이 펼쳐진다. 잔잔한 물소리를 들으며 호젓하게 산책을 할 수 있는 곳이다. 옛 코르도바 성곽의 '아치형의 문'이 가톨릭 시대에는 '사각형의 문'으로 바뀐 흔적이 특별한 혼용의 아름다움으로 다가온다.

성벽 바깥 성문 너머 세상에 해자(垓字, 능陵, 원園 등의 경계)가 있다. 그리고 옛 코르도바 성곽 '아치형의 문'이 가톨릭 시대에는 '사각형의 문'으로 바뀐 흔적이 남아 있었다.

바뀐 것이 거듭되다보면 '혼용의 미(美)'도 독특한 아름다움이 될 수 있을 것이다. 알모도바르 문을 나서면 유대인 거리 후데리아(Judería)가 시작된다. 성문 앞에 선 이방인들은 자신을 보호하는 성벽 안에서 문화의 충돌과는 달리 융합하고 동화되었을 것이다.

성문 앞 해자(垓字) 곁에 서 있는 세네카
나는 그 동상(銅像) 아래 단꿈을 보았네.

코르도바의 뜨거운 햇살을 피하기 위해 나는 큰마음을 먹고 챙 넓은 모자를 샀다. 평소에 모자가 어울리지 않는다고 생각했지만 뜨거운 반사막성(半沙漠性) 기후와 같은 지역에서 어울리고 말고가 어디 있겠는가, 얼굴을 가리는 조그만 조각 그늘만 해도 서늘함을 더해준다.

성문에 들어가기 전 로마교의 입구에 라파엘 승리 기념비(Triunfo de San Rafael)가 서 있다. 1496년에 만들어진 탑의 꼭대기에는 라파엘 동상이 있다. 코르도바 사람들은 여기를 지날

때는 챙 넓은 코르도바 모자를 벗어 예의를 표하고, 석상기념
비 앞에서는 촛불을 밝힌다. 중세시대에 페스트가 유행하여
많은 사람이 죽어갈 때 천사가 내려와 치유해주어 이후 라파
엘은 코르도바의 수호천사가 되었다고 한다.

코르도바의 로마교(Puente romano de Córdoba)와 메리메(Prosper
Mérimée, 1803~1870, 프랑스의 소설가)에 대한 생각이 스친다.
스페인의 역사적 기념물을 관리하는 총감독관으로 왔던
메리메는 과달키비르(Guadalquivir) 강 위의 로마교를 건너가
는 아름다운 집시 여인을 보고 소설 《카르멘(Carmen)》을 썼다

고 한다. 40대의 메리메가 창조해낸 여인은 비제(Georges Bizet, 1838~1875, 프랑스의 작곡가)의 오페라 〈카르멘〉으로 재탄생하여 더 유명해졌다.

　메리메가 평범한 일상생활을 싫어하고 색다른 이국적 정서와 야성적인 정열을 좋아하는 데는 낭만주의적인 영향이 컸지만 예술적 완성 면에서는 사실주의적인 문학을 택했다.

　성 라파엘과 카르멘이 만나고 과달키비르 강과 로마교가 메리메를 지켜보고 있다. 메리메의 《카르멘》 마지막 부분에서 카르멘을 짝사랑한 호세는 이곳 로마교 위에서 그녀의 가슴에 칼을 찌른다.

헤밍웨이는 그의 단편 〈여자 없는 남자들〉에서 검은 코르도바 모자를 이렇게 묘사하고 있다.

그는 까만 코르도바 모자를 깊숙이 눌러쓰고 의자에 육중하게 버티고 앉아 있었다. 마누엘은 몸을 일으키고 그를 바라보았다.
"잘 지냈나, 주리토."
"잘 잤나, 친구."
덩치 큰 남자가 말했다.

까만 코르도바 모자를 깊숙이 눌러 쓴 주리토의 모습을 상상하면서 유대인 마을로 들어가는 성곽 앞에 섰다.

성문을 나서서 유대인 지구에 들어서니 별천지다. 봄을 맞이하여 5월 초에 열리는 'La Fiesta Patios de Córdoba(코르도바 꽃 축제)'의 현장이다. 코르도바의 꽃길 골목을 따라 걷는다. '꽃 축제'라는 이름에 걸맞게 수많은 행잉(Hanging) 화분을 볼 수 있다. 벽걸이 화분에 물을 주는 깡통이 달린 기다란 물뿌리개가 보는 사람들을 더욱 더 길게 만드는 느낌이다. 마치 동화 속의 한 장면과 같다.

유대인 골목, 꽃의 거리에서 좁은 골목 사이로 메스키타의 뾰족지붕이 얼굴을 내밀고 있다. 지나온 로마교와 이슬람 성곽은 사이좋은 남매처럼 친해 보인다.

좁은 골목을 이웃하고 있는 대문 앞 난간에 앉아 어린 딸을 껴안고 구걸하는 여인을 보았다. 내가 가장 가까이에서 본 집시였다. 회갈색의 눈동자에 마른 갈색의 피부, 화려한 색감의 옷차림, 아무렇게나 묶은 검은 머리카락이 내가 본 집시 모녀였다. 유대인 마을에서 본 집시 여인과 어린 딸은 그림과 같이 각인되어 꽃보다 더 아름다웠다.

어감이 좋아 동경해왔던 스페인어는 나에게는 기품 있고 낭만적인 언어이다. 카르투하(Cartuja, 카르투하 수도회의 수도원), 아랑훼즈(Aranjuez, 스페인 마드리드 지방의 도시), 사라고사(Zaragoza, 스페인 북동부 아라곤 지방의 도시), 코르도바(Córdoba), 메세타(Meseta, 스페인 약 4분의 3을 차지하는 내륙 대지臺地), 페세타(Peseta, 1869년부터 2002년까지 통용된 스페인의 화폐단위), 산타페(Santa fe, 신성한 믿음), 쿠엥카(Cuenca, 스페인의 지명), 살라망카(Salamanca, 스페인 마드리드 중앙부에 있는 지역), 칼라트라바(Calatravo, 칼라트라바 기사 수도회) 등 멋진 어감을 떠올려본다.

그중 가장 멋진 어감은 '코르도바'이다.

세계 역사의 3대 도시를 말하자면 고대의 알렉산드리아
(Alexandria, 이집트 북부에 있는 무역항. 기원전 332년 알렉산더 대왕 때
건설), 중세의 코르도바(Córdoba, 스페인 남부, 안달루시아 지방 가운
데에 있는 도시. 중세 스페인의 수도), 현대의 뉴욕(New York, 뉴욕주의
남쪽에 있는 미국 최대의 도시)을 들 수 있겠다.

이슬람 왕국의 오랜 수도였던 코르도바는 10세기경 콘스탄
티노플(이스탄불의 옛 이름), 바그다드, 카이로와 더불어 유럽 최
대 규모의 도시였다. 기독교와 유대교를 수용하여 3대 종교가
조화롭게 공존하며 찬란한 문화의 꽃을 피웠고, 가장 앞선 발
전을 이룬 유럽의 도시로 자리 잡았다.

한때 인구 50만의 도시였던 이곳에는 80여 개의 도서관이
40만 권 이상의 장서를 보유한 학문과 철학의 도시였다. 이
곳의 의과대학 또한 세계 최대 규모였다. 인구 수십만 규모
의 도시라면 의학이 뒷받침되어 전염병을 예방할 수 있는 능
력을 갖추는 게 기본 조건이다. 그래서일까, 이곳에서는 중세
시대의 철학자이자 의사였던 마이모니데스(Moses Maimonides,
1135~1204)의 좌상도 만날 수 있다.

골목을 빠져나와 알카사르(Alcázar)로 향한다. 이곳은 알폰소
11세가 세워 가톨릭 왕들이 거처하던 궁전을 겸한 요새였다.

알카사르는 스페인어로 '성곽궁전'이라는 뜻이다. 주로 각진 모양과 네 모퉁이에 탑이 있는 것이 특징이다. 코르도바, 톨레도, 세고비아, 세비야 등 스페인 여러 곳에 있다. 1328년 무데하르 양식으로 지어진 '코르도바의 알카사르'는 이사벨 여왕과 페르난도 2세 두 국왕이 거주했다고 한다. 콜럼버스가 신대륙 발견을 위한 첫 항해를 떠나기 전 이사벨 여왕을 알현한 장소이기도 하다. 잘 가꾸어진 아름다운 정원이 인상적이다.

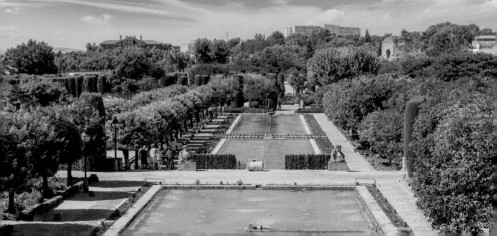

코르도바의 메스키타는 785년 아브드 알라흐만 1세가 바그다드의 이슬람 사원에 뒤지지 않는 규모의 사원을 건설할 목적으로 짓기 시작했다. 그 뒤 세 번에 걸친 확장을 하였으며 2만 5천여 명의 신자를 한꺼번에 수용할 수 있는 규모로 완성되었다.

메스키타(Mezquita)는 스페인어로 이슬람 사원을 뜻한다. 수백 년간 이슬람의 지배를 받았기 때문에 많은 도시에 메스키타가 남아 있다. 그중 코르도바의 메스키타는 기독교의 성당, 이슬람의 모스크(Mosque, 회교 사원), 유대교의 시나고가(Sinagoga, 유대 교회)가 공존하는 세계에서 유례가 없는 곳이다. 로마문화가 남아 있고, 세 종교가 동시에 혹은 따로 한 건물을 공유하며 예배를 드렸듯이 코르도바는 3대 문명의 학문과 예술이 함께하였다.

이슬람 사원을 '베일의 사원' 또는 '히든 아키텍처'라고 하는데, 이는 안으로 들어가면 투박하고 단순한 겉모습과는 달리 눈길을 끄는 볼 것이 많기 때문이다. 입구를 통과하면 맨 먼저 분수대가 보인다. 예배에 앞서 손과 발을 씻는 곳이다. 몸과 마음을 정화시켜주는 기분이다.

가장 눈길을 끄는 것은 숲을 이루듯이 도열해 있는 수많은 돌기둥이었다. 코르도바 메스키타의 상징인 '원주(圓柱)의 숲'이다. 흰색과 붉은색 벽돌을 차례대로 끼워 넣어 만든 800개가 넘는 말발굽 모양의 이중아치는 화려하다 못해 우아하다. 마치 기하학적인 말발굽 무늬 속의 미궁에 들어온 듯하다. 이중아치를 떠받들고 있는 기둥은 로마와 서고트(西Goth) 사원에서 가져온 기둥이라고 한다.

메스키타의 가장 큰 특징은 공존의 미학이다. 종교의 야만
성과 폭력성보다는 허용성을 두고 한 말이다. 즉 충돌하지 않
고 관용하는 '톨레랑스(Tolérance, 프랑스어로 관용의 정신)를 유지
한 것이다. 포용과 공존의 땅 코르도바에서 다양한 편견으로
가득 찼던 나를 씻어본다.

"우리는 코르도바를 본받아야 한다."

미국의 44대 대통령 버락 오바마가 취임식에서 남긴 말이
다. 코르도바가 그 땅을 거쳤던 다양한 인종과 종교를 모두
품어 안고 포용과 공존의 문화를 만들어냈음을 염두에 두고
전한 메시지이다.

그러나 현실은 풀어야 할 문제가 여전히 남아 있다. 나에게
도 포용과 공존이 어려웠던 일은 무엇이었을까, 그리고 지금
도 여전히 어려운 일은 무엇일까, 잠시 생각해본다.

Alhambra
&
Carlos V

알람브라와 카를로스 5세

알람브라와 카를로스 5세

_그라나다

유홍준은 《나의 문화유산 답사기》에서 "폐사지 답사는 절집 답사의
고급과정으로 답사객이 느낄 수 있는 최고의 행복감"이라고 극찬하였다.
몇 백 년간 버려졌던 알람브라 폐허지에 대한 상상을 한다.
여백이 많은 공간은 스토리텔링을 만드는 데 최적이다.
궁전 모퉁이를 돌아가면 전설과 설화가 고양이처럼 앉아 기다리고 있다.

호세 카레라스(Jose Carreras, 1946~, 스페인의 성악가)가 맛깔나게 부르는 〈그라나다〉를 감상했다. 그는 긴 투병을 이겨내고 1990년 이탈리아 월드컵 개막식 축하 세리모니에서 이 노래로 재기를 하였다. 〈그라나다〉는 루치아노 파바로티(Luciano Pavarotti, 1935~2007, 이탈리아의 성악가), 플라시도 도밍고(Placido Domingom 1941~, 스페인의 성악가)와 더불어 이른바 '쓰리 테너'인 호세 카레라스의 컴백으로 각인이 된 노래이다.

호세 카레라스의 기품과 장중함이 서린 목소리에 어울리는 관현악의 현란함은 세계 여러 나라의 관객을 사로잡았다. 그는 특유의 서정적이며 박력 넘치는 목소리로 찬사를 받았고, 곡의 분위기는 스페인 환상곡이라고 해도 지나치지 않았다.

'그라나다의 대지는 투우와 태양과 집시로 가득하고, 가무잡잡한 성모께 어울릴 은은한 향기의 장미를 바친다'는 내용이다. 곡의 가사(《이야기 팝송 여행 & 이야기 샹송칸초네 여행》, 삼호뮤직)를 살펴보면 다음과 같다.

아름다운 하늘이 부르는 그라나다

그녀의 멋진 추억이 담긴 그라나다

빛나는 햇빛과 꽃, 그리고 노래가 넘치는 나라

밤이 되면 별이 반짝이고

많은 기타가 부드럽게 하바네라를 연주하네

그라나다, 다시 한 번 살고 싶어라

오래된 영광과 로맨틱한 기쁨의 나라

오래된 영광과 로맨틱한 기쁨을 주는 곳은 바로 그라나다
(Granada)의 랜드마크이자 스페인을 대표하는 건축물인 〈알람

브라 궁전〉이다. 해질녘부터 야경까지의 알람브라를 보기 위
해 '성 니콜라스 전망대(Mirador San Nicolás)'를 찾는다. 눈앞에
펼쳐지는 풍광은 그야말로 장관이다. 하얀 눈이 덮인 시에라
네바다(Sierra Nevada) 산맥을 배경으로 한 〈알람브라 궁전〉의
자태는 비율 좋은 그림과 같다.

전망대 앞 레스토란테에서 여유로운 티타임을 가진다. 친
구들의 행복한 얼굴을 서로서로 마주볼 수 있는 좋은 곳이었
다. 행복한 얼굴들이 보여주는 마음의 그림도 그지없이 좋다.

해가 완전히 모습을 감추고 어둠이 밀려오자 도시는 서서히
불을 밝히기 시작했다. 어둠이 내리면 궁전에 조명이 들어온

다. 노란빛이 가득할 때까지 우리는 서로 손을 꼬옥 잡았다.

알바이신(Albaicín) 지구에서 가장 높은 곳에 있는 성 크리스토발 전망대(Mirador de San Cristóbal)는 그라나다 시내가 시원하게 펼쳐지는 곳이다. 훨씬 한적하고 넓어 보이는 동시에 시원한 바람이 지나가는 곳이기도 하다. 알바이신 언덕에는 수많은 여행자들이 순례자처럼 조용히 몰려든다.

알바이신 지구는 그라나다 동쪽에 위치한 구릉지대이다. 이슬람교도들이 처음으로 요새를 쌓은 곳으로, 적의 침입을 막기 위해 만든 가파르고 좁은 길들이 이어져 있다. 안달루시아 지방의 전통 건축과 무어인들 특유의 건축물이 조화롭게 섞여 있다. 1984년 알람브라와 더불어 세계문화유산으로 등재되기도 하였다.

이곳의 골목길에는 이슬람인들의 주거지가 형성되어 있다. 이슬람 사원과 화려하고 이색적인 수공예품들이 가득한 상점들도 있다. 마치 이슬람인들이 살던 시대로 옮겨 간 듯한 묘한 느낌이 든다. 재미있고 독특한 골목의 분위기를 만끽할 수 있는 곳이다

그때 내가 열 살쯤이었을까? 친구들과 무작정 골목을 걸었던 추억이 떠오른다. 아니 몰려다녔다고 하는 것이 맞겠다. 좁은 골목길을 몰려다니면서 말랑말랑한 팔꿈치와 팔꿈치가 만나던 기분 좋은 촉감을, 우리들의 추억을 떠올린다.

오십여 년 전에 어스름한 골목길에서 술래잡기, 이른바 '다방구'를 하고 놀던 수정동의 동구청 언덕과 골목이 떠오른다. 엄마는 저녁밥 먹으라며 동네방네 우리를 찾으러 다니시고, 아버지도 아이들을 큰 소리로 부르시고….

알바이신 지구의 좁은 골목길들은 신기하게도 내 기억 속의 그때 그 골목길과 참 많이도 닮아있다.

알바이신 언덕의 끝자락 골목을 내려가니 조그만 광장이 나온다. 버스킹하는 악사의 음악에 맞춰 즉석으로 춤을 추는 사람이 있다. 친구 H이다. 여행의 즐거움을 제대로 느끼는 H를 새삼 다시 쳐다본다. 춤꾼의 기운이 느껴지는 친구, 그 흥을 따라 함께 추는 친구, 그리고 그 기록을 남겨주는 친구가 나타난다. 몸은 어색했지만 정신만은 해방되는 듯한 행복한 기억이다. 버스킹은 악사와 우리들이 하나가 되어 즐거운 리듬감을 느꼈던 추억으로 남아 있다.

알바이신은 그라나다에서 가장 오래된 지구로, 원래는 품격 있는 거리였으나 그라나다가 점령당하고 무어인들이 아프리카로 물러가면서 쇠락의 길을 걸었다. 하지만 유네스코 세계문화유산으로 지정된 뒤 1994년 지정 범위가 확대되어 복구가 이뤄지면서 관광객이 많이 찾는 곳이 되었다.

스페인 남부 안달루시아의 숨은 보석 그라나다는 이베리아 왕국의 마지막 이슬람 왕조이다. 이슬람의 정복 기간 698년에서 1492년까지 800년간의 자취는 유럽 속의 이국적인 풍경으로 남아 있다. 그라나다의 알람브라 성(城) 안의 700m 언덕 위에 자리잡은 〈알람브라 궁전〉이 이베리아 반도에서 가장 높은 시에라네바다 산맥의 설산을 머리에 이고 있다.

아라비아어로 '붉은 성'을 뜻하는 〈알람브라 궁전〉은 크게 4개 구역으로 나뉜다. 성채이자 요새였던 알카사바(Alcazaba), 왕의 여름 별궁이었던 〈헤네랄리페(Generalife)〉, 왕의 집무실이자 생활 공간이었던 〈나사리 궁전(Palacios Nazaríes)〉, 그리고 〈카를로스 5세 궁전(Palacio de Carlos V)〉이다.

궁전의 초입에는 너도밤나무가 훌쩍 큰 키를 자랑하며 푸른 열매를 주렁주렁 달고 있다. 그리고 입구를 들어서니 하늘을 찌들 듯한 사이프러스(Cypress)가 양쪽으로 도열해 있다.

왕은 궁전을 지을 때 자신의 힘을 과시한다. 그들이 과시한 흔적을 우리는 유적을 통해 알 수 있다. 그러나 알람브라는 그렇지 않다. 편히 쉬고 싶은 곳이다. 주변에서 구한 재료로 자연친화적인 디자인을 하여 자연과 편안하게 어우러져 있다. 또한 돌의 색채와 질감을 이용하여 조화미, 균형미, 단순

알람브라에는 여러 개의 파티오(Patio, 마당, 안뜰)가 있다. 궁전 서북쪽에 따로 떨어져 있는 왕의 여름 별궁 〈헤네랄리페〉의 '수로의 안뜰(Patio de la Acequia)'은 그중 가장 아름다운 파티오로 손꼽힌다. 시에라네바다 산맥의 눈 녹은 물을 끌어와 곳곳에 수로와 분수를 만들어 '물의 정원'이라고도 불린다.

〈알람브라 궁전〉의 디테일 중 가장 큰 매
력은 같은 것을 찾아볼 수 없는 다양한
실내장식이다. 모두 다른 모양의 창들은
화려하지만 단순하게, 단순하지만 정교
하고 세밀하게 장식되어 있다.

미를 살렸다. '아름답다'의 의미는 '조화로움'이다. 편안하니까 여기서 쉬고 싶고 궁전과 하나가 되고 싶은 것이다. 위압감과 과시는 사라지고 자주 와서 쉬고 싶은 곳이다.

그들은 유일하게 방에 창을 만들고 안벽에 상감(象嵌) 장식을 하였다. 창으로 들어온 빛의 산란이 사람의 마음을 밝게 해주었을 듯하다. 방의 색채는 1300년대의 세련되고 은은한 파스텔 톤이다. 채색의 콤비네이션이 다르다. 과시하거나 세게 보여주려 하지 않는다.

왕의 집무실 격자창 뒤에 술탄(Sultan, 최고 통치자)이 있다. 어두운 쪽에 있는 자는 밝은 쪽에 있는 자를 볼 수 있다. 안색을 살펴 대응할 수 있다. 대사의 방은 묵직한 문양으로 웅장함을 더하였고, 높은 천정을 통해 들어온 빛은 사신의 표정을 하나하나 감출 수 없게 하였다. 자신의 힘을 큰 것으로 시각화하는 욕망이 잘 드러난 방이었지만, 가톨릭 공동왕(페르난도 2세와 이사벨 여왕)에게 그라나다를 넘겨준 방이기도 하다.

방을 거치는 길에는 항상 물이 흐르는 곳, 즉 분수가 있다. 분수는 수압의 예술이다. 방에 들어가기 전에 만난 분수는 수압이 낮은 샘처럼 소리 없이 속삭이며 사람의 마음을 평안하게 만들어 분위기를 주도하고 있다.

왕에게 억울한 마음을 따지러 찾아온 사람은 방으로 들어가는 길에 분수를 만났을 것이다. 그리고 분수를 만난 이는 누구든지 주인공이 되었을 것이다. 물이 귀한 지역에 물이 흐르게 하고 수압을 조절하여 조용히 흐르게 한 데에는 차분한 분위기로 하여금 마음의 평안함을 찾게 하려는 이유가 있었을 것이다.

아라베스크(Arabesque) 문양은 이슬람 미술에서 양식화된 것으로 잎, 꽃, 열매 등의 모티브를 엉킨 덩굴풀과 같은 우아한 곡선으로 연결한 독특한 장식 무늬이다. 상이(相異)한 이미지를 조합하여 추상적인 이미지를 만들어내는 것을 테셀레이션(Tesselation)이라고 하는데, 그것의 미적 효과는 복잡한 문양을 볼 때 복잡하게 인식하지 않고 무의식적으로 단순하게 인식하게 하는 것이다. 보고나서 돌아설 때 복잡한 게 아니라 크고 화려하고 아름답다고 생각하게 되는 것이다.

20세기 천재 그래픽예술가 모리츠 코르넬리스 에셔(Maurits Cornelis Escher, 1898~1972)는 알람브라 내부를 장식하고 있는 '평면 분할 양식과 기하학적인 패턴'에서 영향을 받아 대칭, 회전이동을 이용한 수많은 작품을 창조했다. 그는 유년기에 가족이 그라나다로 이주하여 이곳에서 스무 살까지 살았다. 에

곳곳을 장식한 아라베스크 문양은 〈알람브라 궁전〉이 보여주는 또 다른 볼거리이다. 식물과 문자, 기하학적 무늬로 정교하게 장식한 기둥, 벽, 아치 등을 보고 있자면 절로 탄성이 나온다.

셔는 스페인의 식민지였던 네덜란드 태생이다. 어지럽게 연결된 상상의 공간과 세계는 과학과 수학이 바탕이 된 판타지이기도 하다.

이슬람에서는 우상숭배를 금지하기에 궁전에는 주로 아라베스크 무늬로 장식하였는데, 이 원칙을 깬 유일한 것이 사자 분수이다. 이는 왕이 자신의 권력이 점차 강해짐에 따라 자신을 사자와 같이 강한 모습으로 주변에 알리고자 함이었을 것이다. 정원에 있는 '사자 분수'를 보며 분위기에 어울리지 않는 저 분수 때문에 나라가 망했을지도 모른다는 생각을 지울 수가 없었다.

〈나사리 궁전〉 남쪽에는 〈카를로스 5세 궁전〉이 있다. 알람브라 성곽 내에서 거대한 규모를 차지하지만 전혀 다른 건축 양식이라 이질적으로 느껴진다. 이민족의 침략을 받은 뒤의 태도와 침략 후의 재정립의 태도를 생각하게 한다.

이사벨라 여왕의 손자 카를로스 5세(Carlos V, 1500~1558, 신성 로마제국의 황제이자 스페인 왕국의 공식적인 제1대 국왕, 신성로마제국-카를로스1세, 스페인-카를로스 5세)는 평생 전쟁에 몸을 던지고 이슬람 왕국 위에 기독교를 지어 올렸다. 이슬람 왕국이

1527년 착공한 〈카를로스 5세 궁전〉은 무어인들이 낸 세금으로 건축되다가 1568년 무어인 반란으로 자금이 유입되지 않자 건축이 중단되어, 1923년까지 지붕이 시공되지 못한 채 방치되어 있었다. 그 뒤 겨우 지붕을 얹어 지금의 모습이 되었다.

물러가고 50년이 되지 않아 극적인 영광을 나타내기 위해 세운 건축물이 바로 〈카를로스 5세 궁전〉이다.

카를로스 5세는 이탈리아에서 유학한 톨레도 출신의 건축가 페드로 마추카(Pedro Machuca, 1490~1550)에게 알람브라 경내에 기존의 〈알람브라 궁전〉에 견줄 만한 르네상스식 궁전을 세우도록 명령했다. 이슬람 사원이 있던 자리에는 〈산타마리아 성당〉을, 왕자의 궁전 위에는 〈산프란시스코 수도원〉을 건설해 〈알람브라 궁전〉의 분위기와 극명하게 대조를 이루게 했다. 당시 유행하던 이탈리아의 르네상스 양식을 최초로 스페인에 도입하면서 만들어졌지만 내내 논란의 대상이 되어야 했고, 미완의 건축물에 그쳤을 뿐더러 〈알람브라 궁전〉의 아름다움을 훼손한 흉물이라는 평가도 들었다.

사각형의 단순하고 투박한 외관과 달리 내부는 30m 길이의 정원을 둘러싼 2층의 회랑 형식으로 되어 있다. 한때 이곳에서는 투우 경기가 열리기도 했다고 한다. 그가 부수고 복원하다만 천정의 철봉이 지금까지도 여럿 박혀 있다.

복원에도 예의가 있다. 존중하여 복원해야 한다. 그는 코르도바의 메스키타 중앙을 허물고 가톨릭 성당을 지은 것을 본 뒤에 "당신들은 어디에도 없는 것을 부수고 어디에나 있는 것을 지었다."며 한탄하였다. 그런 줄 알면서도 왜 그랬을까?

메스키타는 이슬람과 가톨릭이 공존하는 세계 유일의 사원으로 남아 있다. 당시 그의 안타까움이 내게 전해지는 듯하다.

알람브라에서 꿈만 같은 한나절을 보냈다. 아름답다는 사전적 의미는 조화로움에 있다. 멀리서 보았을 때는 붉은 기운이 비치는 아련한 모습으로 주변의 자연경관과 잘 어울리고 하나가 되고 싶은, 편히 쉬고 싶은 그라나다 성 안의 알람브라 궁. 석고(石膏) 상감 아래 파스텔 톤의 푸름, 붉음, 갈색의 바탕색이 석고 상감을 받쳐준다.

알람브라를 에메랄드 사이에 박힌 진주라고 하였던가. 그라나다에서 가장 불행한 사람은 맹인이라고 한다. 천삼백 년 전 색감에서는 주변을 위압하지 않고 잔잔히 스며드는 멋을 느낄수가 있다.

한국의 단청은 어떠한가. 위압감을 주는 강한 대비색을 썼는가, 그것이 오히려 생동감을 주는 것이 아닐까.

둘 다 이해가 간다. 은은하게 스며들어 주변을 받쳐주는 존재가 되어야 할 때가 있고, 주변과 대비되어 강조되어야 할 때가 있다. 두 가지 상황은 우리에게도 마찬가지다. 조화와 강조를 넘나들며 현명하게 행동을 취해야 하는 것이 삶을 살아가는 우리의 자세가 아닐까 싶다.

Squipio's Fear
&
bullfight

스키피오의 두려움, 그리고 투우

스키피오의 두려움, 그리고 투우

_론다

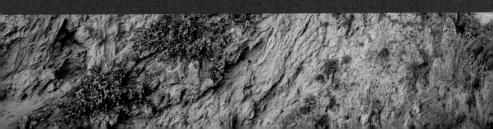

엘 타호 협곡(El Tajo canyon)을 누에보 다리(Puente Nuevo)가 이어주고 있다.
절벽의 색깔과 다리의 아치는 구분이 필요 없을 정도로 흡사하다.
건축가 호세 마르틴이 42년 동안 벽돌을 한 장씩 쌓아 올려 만든 다리이다.
거대한 성문과 같은 세 개의 아치가 거대한 성벽과 같은 다리를
가뿐히 들어 올리고 있다.

안달루시아의 매력을 가득 품고 있는 도시 론다(Ronda)는 이슬람인의 마지막 도시이다. 독일의 시인 릴케(Rainer Maria Rilke, 1875~1926)는 "나는 꿈의 도시를 찾아다녔다. 그리고 마침내 여기에서 그곳을 찾았다." "거대한 절벽이 등에 마을을 지고 있는 뜨거운 열기에 마을은 더 하얘진다."라고 론다를 노래하였다.

론다의 산속 깊은 곳에는 큰 도시가 있다. 거기에는 이러한 이유가 있다.

고대 포에니전쟁(Poeni戰爭, B.C.264~B.C.146에 걸쳐 로마와 카르타고가 지중해의 지배권을 둘러싸고 벌인 싸움)에서 로마에게 지중해의 패권을 빼앗긴 한니발(Hannibal, B.C.247~B.C.183?, 카르타고의 장군)의 아버지는 아들인 어린 한니발에게 로마에 대한 복수를 맹세하도록 한다. 한니발은 코끼리부대로 스페인의 사군토 성(Sagunto Castle)을 무너뜨렸다. 또한 북피레네 산맥(北

Pyrénées山脈)을 넘음으로써 겨울에도 알프스를 넘을 수 있도록 군대를 단단히 훈련시켰다. 이탈리아반도에서 로마로 진군한 칸네 전투(Cannae戰鬪)에서는 로마군을 포위하여 대학살을 한다. 스키피오(Scipio Africanus, B.C.236~B.C.184, 고대 로마의 장군 겸 정치가, 제2차 포에니 전쟁에서 한니발을 격파하여 전쟁을 종결시킴)는 한니발에게 연전연패하여 전략을 연구한다. 한니발을 두려워 하던 스키피오는 결국 론다 성에 진을 친다.

'산속 깊은 곳에서 스키피오의 두려움을 볼 수 있다.'

뉴 카르타고(New Carthage)가 함락하고 지브롤터(Gibraltar)를 지나 카르타고 본성에 진입하자, 카르타고 본성에서 한니발을 들어오라고 하였다. 대립 전에서 한니발이 처음으로 패배한다. 전쟁에서 패하면 카르타고는 기회를 주지 않는다. 협곡은 내려가 볼 수도 없지만 한니발에 대한 스키피오의 두려움을 느낄 수 있었다.

신화에 따르면 헤라클레스(Heracles)가 산을 쪼개어 그 사이에 스페인 남부의 지브롤터 해협을 만들었는데 이를 '헤라클레스의 기둥'이라 불렀다고 한다. 이는 안달루시아 공식 문장에도 형상화되어 있다.

신화가 이어 오는 나라 스페인. 이런 역사적인 배경들은 무

채색의 일상에 잠시 피곤한 삶을 내려놓을 수 있는 색깔 있는 활력소가 된다.

지중해 해안에서 산속으로 진입하여 보니 능선마다 집들이 빼곡하다. 한참 짓고 있는 집들을 위한 곤돌라도 몇 대 보인다. 팔랑이는 바다 물결과 같은 산봉우리들이 지리산의 빨치산처럼 혹은 스페인 내전으로 얼룩진 산처럼 느껴진다. 아찔한 산길을 따라 자전거 2대가 내려간다.

이곳엔 의외로 소나무 군락이 많다. 금강송, 우산 모양의 반석소나무 등 여러 종류의 소나무가 많이 자란다. 그런데 소나무 외에는 자라는 나무도, 식물도 눈을 씻고 봐도 보이지 않는다. 여기 소나무도 참 이기적인가보다. 건조한 기후 때문에 잡초의 흔적조차도 보이지 않는다.

헤밍웨이의 소설 《누구를 위하여 종은 울리나》의 배경이 된 론다. 750m 높이의 아찔한 절벽 위에 마을이 있다.

론다의 구시가지와 신시가지를 연결하는 다리는 총 세 개가 있는데, 누에보 다리(Puente Nuevo)는 그중 가장 나중에 만들어진 다리이다. 과다레빈 강을 따라 형성된 120m 깊이의 엘 타호(El Tajo) 협곡을 가로질러 절벽 위의 두 시가지를 연결하고 있다. 인공적인 건축이지만 황량한 절벽과 어울려 참으로 아름답다.

　전설적인 투우사 페드로 로메로(Pedro Romero, 1754~1839)가 태어난 곳, 이곳 론다에서 근대 투우의 발상지를 찾았다.

　헤밍웨이는 소설 《태양은 다시 떠오른다》에서 19세의 그를 묘사하고 있다. 투우를 볼 생각은 없지만 관심은 있기에 빈 투우장 안을 둘러보았다. 전시장에서 본 투우사의 신발은 발레리나 슈즈와 닮았다. 살포시 긴장하고 있는 두 발을 담은 신발과 바지의 금실 자수 장식이 돋보인다. 투우사들은 고야시대의 복장을 갖추고 투우를 한다. 투우는 소를 죽이는 것이 아니라 소와 함께 호흡하는 무용이라고 한다.

　투우에 사용하는 소는 리디아소다. 4년간 황제 대접을 받고

하루는 죽음에 든다. 4년 만의 자유와 15분 만의 죽음을 투우를 사랑하는 이들은 이렇게 말한다.

"1~2년간 갇힌 공간에서 스트레스를 받다가 식용이 되는 비육소보다 4년의 황제 생활을 하는 투우소가 더 인간적이다."

투우를 사랑하는 스페인들은 "마음은 아프지만 그래야 투우 경기를 계속할 수 있다."라고 하기도 한다. 1700년대에 스페인에 투우가 정립되었다고 하는데 유럽에는 맹수가 없으므로 투우를 하면서 즐길 거리를 만든 것이 아닐까 생각한다.

마치 붉은 날개를 가진 나비가 춤을 추는 것 같은 투우사들의 몸짓은 투우사 양성학교를 통해 길러진다. 론다의 투우사

'론다 투우장'은 1784년에 건립된 스페인에서 가장 오래된 투우장이다. 많은 여행자가 론다를 찾는 이유이기도 하다. 실제 경기가 있는 날이 드물어 평소에는 관광객에게 개방을 하고 있다.

양성학교에는 '투우사가 되는 것은 기적이다.' 라는 글귀가 붙어 있다. 즉, '불가능을 이루려면 네가 무엇을 해야 하는가?'로 반문할 수 있는 말인 것이다. 여자 투우사도 배출되었으나 4인 1조의 팀에서 남자들은 여자에게 협조하지 않는다. 스스로 도태되는 것인지, 다른 이유가 있는 것인지 의문이 남는다.

예술가들이 마지막 단계에서 미치는 것이 바로 투우다. 예술은 자기 내면의 세계를 밖으로 표현하는 것이다. 그리고 이 표현은 주로 추한 것이 아닌 아름다운 것을 택하여 보여주기 마련이다. 그러나 간혹 극적인 상황을 표현하는 퍼포먼스를 볼 수 있는데, 악기를 부수는 행위같은 것들이다. 이 극적인 상황을 마지막 단계로 본다면 바로 투우와 통하는 것이 있다.

시인 로르카(Federico García Lorca, 1898~1936)는 "스페인의 춤과 투우를 보며 즐기는 사람은 아무도 없다. 가장 훌륭한 분노와 훌륭한 담력, 가장 훌륭한 울음을 발견하는 투우를 통해 비극과 고통, 그리고 그것으로부터 벗어나는 해방의 계단을 사람들은 마련한다."라고 하였다.

화가 마네(Edouard Manet, 1832~1883)는 마드리드 투우장의 기억에 대해 친구 보들레르(Charles Pierre Baudelaire, 1821~1867, 프랑스의 시인)에게 보낸 편지에서 "그처럼 엄청나고 호기심에 불타는, 그리고 그처럼 끔찍한 장면은 일찍이 본 적이 없다."고 말했다. 그래서일까, 그의 작품 〈투우〉에서는 햇빛이 작렬하는 투우장, 적막감이 감도는 관중석, 아랫배에서는 선혈이 흐르는 축 처진 한 마리의 소가 묘사되어 있다.

'어떻게 죽음이 구경거리가 될 수 있을까?'

전원경은 《런던 미술관 산책》에서 "마네는 그 문제에 대해 어떤 판단도 하지 않고 다만 삶과 죽음이 격렬하게 교차하는 드라마를 고스란히 보여준다. 그림 속에 스페인의 정열과 영혼, 뜨겁게 이글거리는 태양, 그리고 그 태양보다 더욱 강렬한 현실을 펼쳐놓았다."라고 말하였다.

미국 패션디자이너 아드리아나 헤레라(Adriana Herrera)는 스페인의 투우에 대한 다큐멘터리를 제작한 적이 있다. 그러면서 자연스럽게 그곳의 매력에 빠졌고 배우자로 스페인 투우사를 만났다. 그 뒤 스페인으로 이주하여 작품 활동을 하고 있는 그녀는 줄곧 스페인 냄새가 풍기는 작품을 선보이고 있다.

고야와 피카소의 그림에서도, 헤밍웨이의 《오후의 죽음》에서도 투우와 호흡한 그들을 만날 수 있다.

Olive
&
Ridge Black

올리브와 검은 능선

올리브와 검은 능선

_안달루시아 그리고 미하스

안달루시아의 황톳빛 대지, 황량한 풍경, 그리고 끝없이 이어지는 평원은
그 너머에 있는 무언가를 자꾸 기대하게 만든다.
황량해 보이는 안달루시아가 아름다운 것은 아마도 어딘가 아름다운 문화를
숨기고 있어서 그런 게 아닐까 싶다. 굴곡 없이 펼쳐지는 너른 땅은 마치
또 다른 바다를 보는 듯하다. 무엇과도 비교할 수 없는 진한 여운을 남긴다.

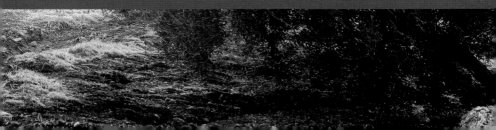

124 스페인은 그리움이다

드넓은 평원에 거뭇거뭇한 점이 모인 군락이 연이어 펼쳐진다. 해바라기 밭이다. 수많은 해바라기가 끝도 없이 도열해 있다. 트랙터가 훑고 지나간 자리에는 바스라진 줄기를 다시 정리하는 작업이 한창이다.

거기에 암녹색의 올리브나무 군락과 밀을 수확한 농지에는 휴경중인 황톳빛 대지가 벨트를 이루고 있다. 버스로 두어 시간 이동하는 동안 두 눈을 편안하게 쉬게 한다. 농지도 쉬는데 나도 좀 쉬자.

서구에서 '밀밭'은 천국을 상징하는 곳이다. 영화 〈글래디에이터(Gladiator)〉의 마지막 장면에서 러셀 크로우가 찾은 고향은 아마 이곳을 무대로 하였을 것이다. 그가 손으로 밀을 하나하나 훑으며 천천히 걸어가는 모습이 떠오른다.

한여름에 밀과 해바라기는 수확이 마무리되고 있었다.

성(城)이 하나 보인다. 우산처럼 둥근 향나무는 그늘을 만드는 곳에, 사이프러스 나무는 담장을 치는 데 사용하고 있다. 하늘까지 닿고 싶어서 신전에는 사이프러스를 심는다고 한다.

길가에는 용설란이 키워낸 나무가 자그마치 2층짜리 집만 한 높이이고, 사람의 키보다 훌쩍 큰 백년초 군락은 우주의 집을 모티브로 한 건축물과 같다. 아차, 용설란이 키워낸 나무가 아니라 백 년이 지나야 볼 수 있는 '용설란 꽃의 꽃대'였다. 처음 볼 땐 향나무를 손질해 놓은 줄 알았다. 드넓은 스페인을 버스를 타고 지나는 길에 열 손가락으로는 셀 수 없을 정도로 백 년 묵은 용설란을 흔하게도 보았다. 사막처럼 건조한 땅이다.

안달루시아의 황톳빛 대지, 황량한 풍경, 그리고 끝없이 이어지는 평원은 그 너머에 있는 무언가를 자꾸 기대하게 만든다. 생텍쥐페리는 소설 《어린왕자》에서 '사막이 아름다운 것은 어딘가에 샘을 숨기고 있기 때문'이라고 했다.

이렇게 황량해 보이는 안달루시아가 아름다운 것도 어딘가에 아름다운 문화를 숨기고 있어서 그런 게 아닐까, 라는 생각이 든다. 굴곡 없이 펼쳐지는 너른 땅은 마치 또 다른 바다를 보는 듯하다. 화려하지 않은 소박한 풍경이지만 무엇과도 비교할 수 없는 진한 여운을 남긴다.

차창 밖으로 내다보이는 안달루시아의 너른 땅은 마치 또 다른 바다를 보는 듯하다. 화려하지 않은 소박한 황톳빛 대지가 피로한 눈을 쉬게 하고, 들뜬 마음을 가라앉게 만든다. 백년초 군락과 용설란 꽃의 꽃대가 도열해 있는 모습은 쉽게 볼 수 없는 광경이다.

마치 사막 위에 펼쳐진 오아시스처럼 싱그러움이 가득한 포도밭이 눈앞에 펼쳐진다. 와인은 로마시대 이전부터 귀족들이 즐겨 마셨으며, 대문호 셰익스피어(William Shakespeare, 1564~1616, 영국의 극작가)가 극찬하기도 했다.

포도덩굴은 땅바닥에 붙어서 강한 햇살을 견디고 있다. 우리나라에서 보아온 사람 키만한 포도덩굴이 아니다. 안달루시아 평원의 색다른 풍경이다.

척박한 땅에서 어떻게 포도가 나는가? 신기하다고 여기면 재미가 없다. 겨울에 온 비를 석회질 땅이 머금고 있다가 물이 부족한 여름에는 포도가 그 물기를 빨아들인다. 척박한 땅에서 포도가 자랄 수 있는 이유는 안달루시아 사람들의 삶의 지혜인 것 같다. 차 한 대만 지나가도 먼지가 폴폴 날리는 건조한 지역이지만 석회질 토양 덕분에 물 걱정 없이 포도농사를 할 수 있다. 오히려 땅의 수분이 넘쳐 포도의 당도를 떨어뜨리는 것을 막기 위해 여름철에는 포도밭에 물 주는 것을 법적으로 금지하고 있다고 한다. 자연에 순응하며 지혜롭게 땅을 가꾸는 사람들의 노력이 감탄스럽다.

Muy bien!(무이 비엔, Very Good)

눈높이에 닿을만한 적당한 높이에 편안하게 낮은 산의 단면이 보인다. 초콜릿 케이크를 잘라놓은 듯 짙은 갈색을 띤 흙의 차진 단면이 나타난다. 스페인의 지질은 해저 층이 융기하여 올라온 퇴적암으로 토질이 좋고 일조량이 풍부하다.

도로변 언덕의 낮은 곳, 산 능선이 잘 보이는 곳에 거대한 검은 황소의 실루엣이 멀리서도 눈에 잘 띈다. 거대한 검은 황소의 실루엣에 대한 나의 생각은 간단했지만 세상은 그렇게 간단하지가 않았다.

나는 단순히 스페인 정부에서 '투우소를 상징하는 엠블럼'을 세웠다고 생각했다. 그런데 알고 보니 내가 본 검은 황소의 실루엣은 스페인 주류회사인 오스보르네(Osborne)의 술 광고를 위해 제작된 '토로 데 오스보르네(Toro de Osborne)'라는 조

형물이었다. 이 회사는 최고급 포도주를 생산하는 스페인의
대기업으로 역사가 200년이 넘는다. 그런데 1988년 술과 담
배의 도로변 광고를 금지하는 법이 시행되어 오스보르네 기
업은 스페인 전역에 설치한 조형물을 철거해야만 하는 위기
에 처하게 된다. 이들은 정부를 설득했다.

"스페인을 상징하는 투우소는 긍정적인 이미지다. 조형물
에서 '오스보르네'라는 기업명만 지우겠다."

이에 스페인 정부는 빨간색의 기업명만 지우는 조건하에
유지를 허용하였다. 그리하여 모르는 사람은 물어보고, 아는
사람은 다 알고 있어 광고 효과는 오히려 기대 이상이 되었다
고 한다. 현재 90여 개의 검은 황소가 국도를 지키고 있다.

작은 놈이 엄마가 읽고 있는 책을 달라고 한다. 겁도 많고
호기심도 많은 아기. 수박 가게 앞에서 분홍빛 커다란 꽃이
달린 머리띠에 연자줏빛 원피스를 입고 볼통한 볼에 입을 다
문 채 실눈으로 유치원 차를 기다리고 있던 모습이 투영된다.
옛 모습이 현재 투영된다는 것은 사람의 생각과 패턴이 일정
하게 유지된다는 것을 말한다. 내 옆에서 함께 여행을 하고
있지만 넌 지금 무슨 생각을 하고 있을까? 나는 다섯 살의 예
쁜 네 모습이 떠올랐단다.

　2시간 이상을 차를 타고 가는 동안 올리브나무 밖에 보이지 않는다고 해도 과언이 아니다. 몽글몽글 제 그림자를 보여주는 비탈의 올리브나무들도 보인다. 잡초조차 자라지 못하는 건조하고 뜨거운 땅에서 그림자까지 영역을 확보하며 자라나는 올리브. 끝없이 펼쳐지는 올리브나무들이 행과 열을 맞춰 일정한 간격으로 심어져 있다. 날씨가 건조하여 화재가 날 위험이 있기 때문에, 불이 나더라도 크게 번지지 않도록 나무 사이의 간격을 엄격히 정한다고 한다. 그 사이로 트랙터가 자주 드나들기에 잡초가 자랄 수 없다.

　나는 2017년 국제아트페어에서 '행과 열을 맞춰 심어진 올

리브의 간격을 그린 대형 한국화'를 보고 반가움에 들떠서 어쩔 줄 몰라했다. 내가 실제로 본 장면이 대형 그림에 오버랩되었기 때문이다. 또 하나는 고흐(Vincent van Gogh, 1853~1890, 네덜란드의 화가)의 '올리브나무 연작'을 보면서 든 생각이다. 그가 스페인에서 올리브나무를 그렸다면 어떤 색깔로 어떤 모습으로 그렸을까?

스페인은 전 세계 올리브 생산의 80%를 차지한다. 그리스 신화에서는 '포세이돈(Poseidon)은 말을 차지하고, 아테나(Athena)는 올리브나무를 차지하였다'고 하였다. 올리브는 항산화 효과가 강해 올리브기름에 담아 보관하는 식품에 관심이 간다. 올리브로 튀기는 식품도 접할 수 있었는데, '스페인 북부는 삶고, 중부는 굽고, 남부는 튀기다'로 정리할 수 있겠다.

멀리 가구공장이 보인다. 올리브나무는 건조한 지역에서 자라므로 나이테가 촘촘하고 단단하여 하나도 버릴 게 없는 나무이다. 척박한 땅에서 오래 살아남기 위해 무엇보다 땅속 깊이 뿌리를 내리고 최대한 성장 속도를 줄이면서 나이테를 촘촘하게 쌓는다. 천년이 넘도록 계속 열매를 맺는 올리브를 보면 강골의 기운이 느껴진다. 올리브나무로 침대를 만드는 장인이 한 말이다.

"나는 나무에도 생명이 있다고 믿는다. 침대를 만들 때에는 나무가 지금의 모습에 적응할 때까지 시간을 주어야 한다. 나무는 변할 수 있기 때문에 잠시 시간을 내어 기다려준다."

길가의 집은 기와집이 거의 대부분이라고 해도 과언이 아니다. 알람브라 궁에도 서민들의 집에도 염색을 한 사람의 머리색처럼 적색, 암갈색, 회갈색 등 다양하고 따뜻한 기와의 색깔을 볼 수 있다. 자연에서 온 흙의 색깔이 다양하면서도 주변과는 조화롭다.

스페인에서 잿빛, 먹빛 기와는 보이지 않는다. 우리나라와

다른 점이라면 암키와는 없고 수키와만 있다는 점이다. 비가 많이 오지 않는 기후라 둥근 기와만 볼 수 있다. 색이 바래고 헐어서 순응한 모습을 한 낡은 기와를 곳곳에서 볼 수 있었다. 그러나 쉽게 새 것으로 교체하기 힘들다고 한다. 그것은 기와를 굽는 사람이 기와 크기를 자신의 넓적다리에 맞추었기 때문이란다. 물론 기계로 구워 내는 지역도 있겠지만 넓적다리에 맞춰 구워낸 기와에 견주기야 하겠는가? 오래된 흔적을 아끼고 끌어안고 사는 그들에게 하는 한마디, Muy bien!

반드시 지키고 싶은 삶의 지혜와 향기, 이것이 전통이며 살아있는 역사이다. 빛바랜 전통이 살아나는 나라, 오래됨과 새로움의 나라, 스페인이다.

선인장이 울타리가 되고, 석탄이 반짝이는 산을 지나친다. 더운 지역에서 선인장이 말라죽어 바싹 말라 있는 모습 그리고 더위를 견뎌내는 식물을 보고 있다. 그들만이 살아나고 있는 적응의 생명체들을 스쳐 지나가니 피카소의 고향 말라가(Malaga)로 가는 이정표가 보인다.

올봄에 나는 귀한 가족을 만났다. S와 그의 아버지와 할아버지 3대가 공적 공간에 나무를 심은 생각을 다음과 같이 표현했다.

"자연은 사랑 그 자체이기 때문입니다. 아이들이 머무는 공간에 의미 있는 나무를 심게 되었고, 운동장에서 아이들과 나무가 어우러진 모습도 보았습니다. 세월이 갈수록 나무와 사람들이 어우러져 보기 좋게 성장하고 상향될 것입니다. 파스칼(Blaise Pascal, 1623~1662, 프랑스의 수학자)의 말대로 자연은 균형 잡힌 저울처럼 이루어집니다. 오만한 자에게는 겸손을, 상처받은 자에게는 위로를, 시작하는 자에게는 용기를, 모든 사람에게 사랑을."

이처럼 나무를 심는 일은 생각을 심는 일이기도 하다.

안달루시아 말라가 주 남부 해안에 위치한 미하스는 인구 7만 명, 평균 고도 400m에 이르는 아담한 고산도시다. 하얀 외벽에 울긋불긋한 꽃들로 장식해 놓은 골목골목을 다니다보면 마치 동화 속으로 들어온 듯한 착각이 든다. 전망대에 서서 바닷가를 바라보면 지중해까지 이어지는 시원한 풍경이 가슴을 탁 트이게 해준다.

지중해를 따라 길게 이어지는 해안지역 코스타 델 솔(Costa del sol)까지 내려왔다. 안달루시아에 위치한 하얀 마을, 푸에블로스 블랑코스(Pueblo Blancos) 중의 하나인 미하스(Mijas)에 들어섰다.

　스페인 남부의 강렬한 햇빛을 반사해 내기 위해 마을이 온통 하얗다. 푸르스름한 하얀색에 눈이 부신다. 하얀 집의 벽돌은 흙에 짚단을 섞고 흙이 흘러내리지 않게 석고로 외장을 한다. 달리 말해 회칠을 한다고 하는데 손수 회를 바른 집들도 제법 보인다. 비록 관리하기는 힘들겠지만 하얀 집을 관리하는 특권과 자부심을 함께 가지고 있는 듯하다.

　지붕에는 붉은 기와를 얹고 벽에는 하얀 회칠을 하여 새파란 지중해와 어우러지게 하였다. 아주 만족스러운 아름다움이다. 동유럽 크로아티아의 두브로니크(Dubrovnik) 못지않게 미하스의 아름다운 색감을 눈에 넣어본다.

　문명비평가 권삼윤(1951~2009)은 '세계 가옥문화 기행'에서 "하얀 집은 모두 벽이 두껍다. 그리고 창이 작다. 바다가 가까이 있어도 원체 건조한 곳이라 햇빛을 피하기만 하면 되는 것이다. … 골목은 어김없이 좁다. 사람이 다녀야 하는 골목에 그늘을 드리우기 위해서다. … 그 두꺼운 건물 외벽이 담장노릇을 하며 당당히 길과 맞서고 있다. '파티오(Patio)'라 부르는 사각마당은 그 속에 있으면서 집과 집을 잇는 통로 구실을 한다. … 석조(石造)문화권 사람들은 구성원들끼리 모여 터놓고 이야기할 수 있는 마당노릇을 할 무언가가 필요했고, 그렇게 해서 태어난 것이 바로 광장(Plaza)이었다. 광장은 마을 주민 모두가 쉽게 만날 수 있도록 마을 한가운데에 마련되었다."라고 하였다.

마을 입구에는 조그맣고 아름다운 성당이 있다. 바위를 뚫고 지은 곳으로 수호 성녀상(Virgen de la Pena)을 모시고 있다. 기독교인이 이슬람인에 쫓겨 숨겨두고 떠난 것을 1586년 마을에 사는 양치기 소년이 비둘기를 통해 찾아내어 모시게 되었다고 한다. 위안과 평화의 분위기가 하얀 동화 마을을 감싼다.

타원형의 미니 투우장에 들어서니 좌석에 대한 선택지가 보인다. Sol y Sombra(태양과 그림자). 어디에서 보겠는가? 당연히 그늘을 선택할 것 같지만 이곳 사람들은 눈부신 태양을 마주하며 투우를 즐긴다. 태양을 즐기며 사는 사람들의 나라, 스페인. 더욱이 조그만 시골마을 '미하스'다.

투우장에 앉아서 즐기는 미하스의 풍경이 가장 멋지고 아름답다고 하던데, 이곳에서는 빨랫줄에 널려 바삭바삭 마르고 있는 알록달록한 빨랫감 마저 평화롭다.

07

Museo Nacional del Prado & Museo Picasso de Barcelona

프라도 미술관과 피카소 미술관

프라도 미술관과 피카소 미술관

_마드리드, 바르셀로나

마드리드에는 오래된 역사와 문화를 간직한 웅장한 건축물들이 많다.
그중 가장 주목 받는 곳은 〈프라도 미술관(Museo Nacional del Prado)〉이다.
'프라도'는 미술관이 자리 잡은 지역명으로, '목초지'라는 뜻이다.
〈프라도 미술관〉은 이름조차도 목초지였던 옛 지명을 그대로 사용함으로써,
건축물이 있는 곳의 역사성을 기억하게 도와준다.

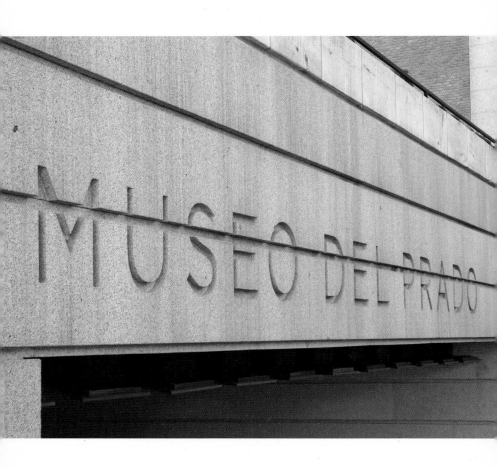

내 나이 마흔 셋, 그해 여름에 친구가 툭 던진 말이 내 귀를 스쳤다. 그것은 그가 수차례 유럽의 미술관을 찾은 이야기였다. 순간 머릿속이 하얘지는 충격을 받았지만 미처 표현하지 못한 채 묵묵히 듣기만 했고, 속으로만 부러워했다. 지금 생각해도 그때는 그런 곳들을 편히 돌아다닐 상황은 아니었다. 그랬던 내가 세계 3대 미술관 중 두 곳을 다녀오게 되었다.

영국의 기업인이자, 현대미술을 주름 잡는 대표적인 아트 컬렉터 찰스 사치(Charles Saatchi)는 "전 세계에서 가장 좋아하는 미술관은 〈프라도 미술관〉이다. 매번 방문할 때마다 예술의 영구적인 중요성에 대한 내 믿음을 강화시켜준다."라고 말하였고, 나는 이에 동감한다.

루브르의 방대함과 화려함에서 꽉 차지 않는 공허함과 위압감을 느꼈다면, 프라도에서는 근본에 충실함을 그대로 보여주는 모습에 순응하며 한껏 행복해했다. 작품들이 살고 있는 방은 들뜨지 않는 묵직한 분위기로 하여금 그림이 살아나게

하였다. 〈프라도 미술관〉의 자부심은 약탈한 유물이 아닌 순
수 수집품과 기증된 작품으로 이루어졌다는 점이라고 한다.

　방대한 초록의 잔디를 안고 있는 차분한 분위기의 미술관
은 좌측 언덕의 〈산 헤로니모 엘 레알 성당(Iglesia de san Jerónimo
el Reall)〉의 화려한 모습과 조화를 이루어 묘하게도 마음에 안
식을 안긴다. 미술관 내부에는 스페인을 상징하는 붉은 색상
의 거대한 높이의 벽면이 여러 개 있다. 잠시 앉아서 쉬고 있
는 사람의 모습이 선명하게 대비되어 그 또한 작품이 된다.

　전시실로 들어서니 적당한 크기의 공간에 작품들이 촘촘히
걸려 있어 관람하기가 편했다. 스페인의 3대 거장 엘 그레코,

1785년 카를로스 3세에 의해 건설되기 시작한 것이 1819년 페르난도 7세 때 완성되어 일반인에게 공개되었다. 1868년 이사벨라 2세 때 국유화되며 현재의 명칭인 〈프라도 국립미술관(Museo Nacional del Prado)〉이 되었다. 8,000점이 넘는 소장품을 보유하고 있는 대규모의 미술관으로 파리의 〈루브르 미술관〉, 상트 페테르부르크의 〈에르미타주 미술관〉과 함께 세계 3대 미술관으로 꼽힌다.

벨라스케스, 고야의 작품을 만났다. 관람 동선을 따라가다 보면 1층에서 '엘그레코와 16세기 스페인'과 '벨라스케스와 17세기 스페인', 2층에서 '고야와 18세기 스페인'을 볼 수 있다.

〈프라도 미술관〉에는 세 개의 출입구가 있는데, 각 출입구마다 스페인을 대표하는 화가의 동상이 세워져 있다. 정문에는 마드리드를 대표하는 디에고 벨라스케스, 남쪽 문에는 세비야를 대표하는 바르톨로메 에스테반 무리요(Bartolomé Esteban Murillo, 1617~1682), 북쪽 문에는 사라고사를 대표하는 프란시스코 고야의 것이다. 스페인에서 태어나 활동한 화가의 동상을 미술관의 입구마다 세워놓음으로써 그들을 기념하고 있는 것이다. 그들의 이름을 따서 각 출입문의 이름을 칭하기도 한다. 바로 벨라스케스의 문, 무리요의 문, 고야의 문이다.

벨라스케스의 동상   무리요의 동상   고야의 동상

엘 그레코의 〈삼위일체〉가 보여주는 구도는 상당히 드라마틱하다. 원근법을 벗어나 자신이 강조하고자 하는 부분을 강조하기 위해 황금비율을 무시한 매너리즘의 대가이자 천재화가였다. 인체를 이상하리 만치 길게 묘사하고, 사물을 뭉개어버림으로써 의도적으로 미학적 효과를 극대화시켰다.

엘 그레코의 작품은 많은 근대 화가들에게 영향을 주었다. 모더니즘의 초석이 된 작품들 중 하나인 피카소의 〈아비뇽의 아가씨들〉은 엘 그레코의 〈다섯 번째 봉인의 개봉〉에서 큰 영감을 받은 것으로 알려져 있다.

이 그림에는 엘 그레코를 유명하게 만든 특징들이 모두 포함되어 있다. 선명한 적갈색과 계시적인 하늘, 극도로 왜곡된 형태, 추상적이고 부자연스러운 공간감과 원근감 등으로 극

El Greco 〈Saint Martin and the Beggar〉 National Gallery of Art, Washington

El Greco 〈CHRIST CARRYING THE CROSS〉 Metropolitan Museum of Art, New York

El Greco 〈Saint Jerome as Scholar〉 Metropolitan Museum of Art, New York

단적인 상황을 표현했다. 그는 소위 말하는 '화파'라는 것을 남기지 못한 화가 중 한 명이다. 스페인에서 엘 그레코에 비견되는 천재적인 화가는 그가 죽은 뒤 100년이 지나서야 세비야에서 나타난다. 바로 벨라스케스이다.

디에고 벨라스케스는 왕을 홍보하는 중요한 역할을 하는 궁정화가였다. 작품 〈시녀들〉에서 그는 평면의 캔버스에 360° 시공간에 서 있는 인물들을 모두 함께 그렸고, 외부의 여러 시선을 결합시켰다. 거울 속의 왕과 왕비 그리고 인사하는 시녀들, 관객을 보고 있는 화가, 난쟁이 등 열 한 사람간의 원근감을 시선에 따라 나타내었다. 스냅사진처럼 순간적인 얼굴 표정이 각각 인물들의 여러 시선을 통하자, 그림에 생동감을 불러일으킨다.

Diego Velazquez 〈Princess Margaret〉
Museo del Prado, Madrid

Diego Velazquez 〈Surrender of Breda〉 Museo del Prado, Madrid

당시의 화가들에게 가능한 일이었을까? 아니다. 벨라스케스는 천재적인 기억력을 갖고 있었고 인물의 심리를 잘 표현했다. 초점을 통해 주인공—물론 마르게리타 공주—을 나타내지만, 관심을 받는 사람이 실제 주인공으로 보이기도 한다. 상대방의 마음을 다치지 않게 재미없는 부분이 살아나고 스냅사진처럼 순간적인 얼굴 표정을 그림으로써 생동감을 부여하였다. 관점의 차이를 그림에서 이야기해 볼 수 있는 것이다.

피카소가 마르고 닳도록 〈프라도 미술관〉을 찾았다는 것은 익히 알려진 일이다. 시선이 날카롭고 예사롭지 않았던 그는 16세에 이 작품을 만나서 말년까지 58점을 패러디한다. 프란시스코 고야는 벨라스케스와 렘브란트, 그리고 자연을 자신의 스승이라 칭하며 사실적 작품을 많이 그렸다. 이런 점에서 예술은 길지만 인생도 길다.

Diego Velazquez 〈The Lunch〉 Hermitage Museum, Saint Petersburg

Diego Velazquez 〈Portrait of Pope Innocent X〉 Galleria Doria Pamphilj, Rome

프란시스코 고야의 〈카를로스 4세의 가족〉 초상화를 만났다. 초점과 함께 주인공을 찾아본다. 인물의 성격을 드러내며 풍자하는 모습을 보인다.

미술사학자 젠슨(H. W.Jenson, 1913~1982)은 자신의 저서 《서양미술사》(1969)에서 "유령들의 집합과도 같다. 아이들은 겁에 질려 있으며, 왕은 마치 배가 터질듯 독수리 같고, 왕비는 괴기스러울 정도로 천박하다."고 표현하고 있다.

현대미술에서 가족 해체를 표현하는 작품들도 떠올려본다.

고야는 계몽주의자였고, 판화와 그림을 통한 언론기자였다. 판화를 찍어내어 현실을 그려낸 불편한 작품도 있다. 그는 작품 속에서 평민들의 민화를 그려내었다. 말년에 찍어낸 판화 〈로스 카프리초스(Los caprichos)〉를 보던 나는 어둠과 함께 부정의 시선으로 불편함을 감출 수가 없었다.

Goya 〈Bullfight〉 J. Paul Getty Museum, Los Angeles

Goya 〈Senora Sabasa Garcia〉 National Gallery of Art Washington DC

프랑스 시인 보들레르는 이런 말을 하였다.

"고야는 항상 위대한 화가지만, 빈번하게는 공포스러운 화가이다. 스페인의 풍자가 지닌 유쾌 명랑에…. 그는 덧붙인 것이 근대적 태도인데, 이는 근대세계에서 상당히 많이 추구되어 왔던 것이다. 즉 불가해한 것에 대한 사랑, 극단적 모순, 소름 끼치는 자연현상, 어떤 경우에는 동물 같기도 한 기이한 인간 골상에 대한 감성 말이다."

전적으로 보들레르의 말에 동감한다. 사실적인 장면은 상상의 여지를 없애버린다. 파괴적이고 지극히 주관적인 느낌을 가진 대담한 붓 터치는 그가 인상파를 이끈 천재화가라는 것을 증명해준다. 그는 마네와 피카소에게도 큰 영향을 주었다. 고야시대의 복장으로 투우를 하는 모습을 지금도 스페인에서 볼 수 있는 모습이다.

Goya 〈Portrait of the Marquesa de Santiago〉 J. Paul Getty Museum, Los Angeles

Goya 〈The Marquesa de Pontejos〉 National Gallery of Art, Washington DC

Goya 〈Charles IV of Spain as Huntsman〉 National Gallery of Art, Washington DC

　〈프라도 미술관〉의 본관과 증축관(2007년 스페인 라파엘 모네오
의 설계)은 조금 떨어져 있지만 지하 통로로 연결되어 있다. 특
히 증축관은 본관의 신고전주의 양식 건물을 현대적으로 새
롭게 해석해 건립되었다. 본관의 대리석 기둥들이 신관에선
벽돌 기둥으로 단순화되었지만 서로 조화를 이룬다. 증축관
옆에는 16세기에 흰 대리석으로 지어진 〈성 헤로니모 성당〉
이 있는데, 새 건물의 높이는 성당보다 낮아 가리거나 미관을
해치지 않는다. 새로운 건물을 오래된 건물과 조화를 이루게
하는 것은 큰 숙제와 같다. 〈프라도 미술관〉은 이 숙제를 잘
한 것으로 평가받는다. 본관과 증축관의 외관은 서로 차이가
나지만 그 안에는 각 시대의 아름다움이 잘 담겨 있다. ─정웅
모 신부의 〈박물관, 교회의 보물창고〉 중 '마드리드의 프라도 미술관' 발췌

오랜 세월에 걸친 수많은 이야기를 간직한 〈산 헤로니모 엘 레알 성당〉은 〈프라도 미술관〉 바로 옆에 위치해 있다. 기존의 〈헤로니모 수도원〉의 일부였다. 스페인 왕실 궁전과 가까이 있어 오랜 세월 동안 왕족들이 방문해 온 성당이다. 〈프라도 미술관〉이 소장한 17세기 스페인의 주요 종교화가 전시되어 있다.

어두운 분위기가 짙게 내려앉은 바르셀로나의 뒷골목에 들어섰다. 주의를 기울이지 않으면 스쳐 지나갈 정도로 좁고 허름한 골목길에 표지판이 있다. 〈바르셀로나 피카소 미술관(Museo Picasso de Barcelona)〉이다. 이런 곳에 미술관이 있다는 것을 상상할 수 없을 만한 곳에, 그것도 무려 피카소의 미술관이 자리잡고 있다.

이곳은 13세기경에 건축된 고딕양식의 귀족저택 여러 채를 개조한 것으로 모두 3개의 건물로 구성되어 있다. 1800년대의 병원이었던, 마구간의 흔적이 남아 있는 중후하면서도 멋스러운 건축물-세월의 흔적이 밴 돌로 된 벽-을 손으로 만질 수 있었다.

20평 미만의 조그만 집이 많은 스페인에서는 광장을 사랑방으로 쓰는 문화가 발달하였다고 한다. 좁은 골목길을 따라 가다가 집의 대문을 열면 넓은 정원이 나타나며 환한 빛이 달려 나오기도 한다. 나에게 골목 미술관은 어둡고 좁은 골목에서 만난 환한 빛으로 다가왔다. '최초의 피카소 미술관'은 그의 출발과 성장을 엿볼 수 있는 곳이어서 더욱 인상적이었다.

파블로 피카소의 〈첫 영성체(First Communion, 1895~1896)〉를 만났다. 15세에 그린 최초의 대형 작품이다. 면사포의 까

바르셀로나의 〈피카소 미술관〉은 1963년 그의 친구이자 비서였던 하우메 사바르테스(Jaume Sabarté)의 제안을 바르셀로나 시가 받아들여 개관하게 되었다. 사바르테스는 그가 가지고 있던 570여 점의 작품을 기부하였고, 사바르테스 사망 후 1968년 피카소는 가족이 보관하고 있었던 그의 초기 작품 1,000점을 포함한 수많은 작품을 이곳에 기부하였다.

끌까끌한 느낌, 제대 공단의 매끄러움, 그리고 여동생의 콧날이 숨을 죽인다. 내 동생을 살려달라는 간절함이 숨을 죽인다. 너무나 생생하여 나도 숨을 죽이지 않을 수 없었다. 미술 교사였던 아버지 호세 루이즈 이 블라스코(José Ruiz y Blasco, 1838~1913)는 이 작품을 통해 그의 유년기 재능을 알아보고는 본인의 붓을 꺾어버린다.

〈과학과 자비〉에서 맥박을 짚는 의사의 과학, 수녀복을 입은 여인의 자선, 병든 여인과 아이를 본다. 침대의 길이가 배 이상 길어졌다가 줄어드는데, 이런 명암과 원근법을 적용한 그의 그림에서는 15세에 그렸다고는 믿을 수 없을 정도의 삶과 죽음에 대한 철학이 담겨 있다. 마치 연극 무대처럼 그려진 극 세밀 묘사 작품으로 유년기의 피카소에게서 이미 성실함과 단단함, 좋은 재목이 되기에 충분한 차고 넘치는 실력이 보인다.

이 작품은 파블로 피카소가 고전적인 회화를 완성한 작품들 중 마지막 작품이라고 할 수 있다. 이듬해 전위적 작가들과 교류하며 새로운 스타일의 그림을 그렸기 때문이다.

그는 "나는 보는 것을 그리는 것이 아니라 생각하는 것을 그린다. 작품은 그것을 보는 사람에 의해서만 살아 있다."라고 말했다.

피카소의 시선에는 사물의 다른 모습을 꿰뚫어보는 열정과 날카로움이 있었던 것이다. 유년시절 〈프라도 미술관〉을 문턱이 닳도록 찾아다녔던 그의 모습은 우연이 아니다.

개성과 자유가 넘치고 생명력이 약동하는 피카소의 그림은 바르셀로나에서 출발했다. 바르셀로나는 스페인에서 문화적으로 가장 자유로운 도시였고, 옛 아라곤 왕국의 한 범주였던 프랑스와 지리적으로 가까운 곳이기도 하다.

바르셀로나의 〈피카소 미술관〉에서 그의 그림으로 미술교육을 받고 있는 어린이들의 모습을 보면서 가슴속에 하나의 혁명이 노크했다.

Flamenco & Cante-jondo

플라멩코와 칸테혼도

플라멩코와 칸테혼도

_세비야

뜨거운 세비야의 햇살을 피해 저녁에는 플라멩코 공연을 보기로 했다.
저녁 7시 공연인데 아직도 환한 대낮이다. 세비야는 밤 10시가 되어야
어둠이 내린다. 낮에는 시에스타를 즐기고, 밤에는 먹고 춤추고
담소하며 즐기는 모습을 곳곳에서 볼 수 있다.
스페인 중에서도 특히 세비야는 낮과 밤의 매력이 극명하게 다른 도시이다.

뜨거운 세비야의 햇살을 피해 저녁에는 플라멩코 공연을 보기로 했다. 저녁 7시 공연인데 아직도 환한 대낮이다. 세비야는 밤 10시가 되어야 어둠이 내린다. 낮에는 시에스타(Siesta, 낮잠)를 즐기고, 밤에는 먹고 춤추고 담소하며 즐기는 모습을 곳곳에서 볼 수 있다. 스페인 중에서도 특히 세비야는 낮과 밤의 매력이 극명하게 다른 도시이다.

　플라멩코는 흔히 집시들의 방랑문화의 산물로 일컬어진다. 집시들의 구전을 바탕으로 전통음악으로까지 이어진 플라멩코는 19세기 말에서 20세기 초에 음악의 형식으로 갖추어졌다. 이제 스페인을 대표하는 서민음악으로 자리를 잡은 것은 루마니아나 프랑스와는 달리 집시를 받아들여 포용하고 융합하는 정책을 쓴 결과로 보인다.

　스페인의 바이올리니스트 파블로 데 사라사테(Pablo de Sarasate,

1844~1908)의 〈지고이네르바이젠〉을 비롯하여, 기타리스트 안드레스 세고비아(Andrés Segovia, 1893~1987)와 프란시스코 타레가(Francisco Tárrega, 1852~1909)에 이어 나르시소 예페스(Narciso Yepes, 1927~1997)의 연주까지 애잔함이 이어진다.

'칸테 혼도(Cante jondo, 플라멩코 음악의 하위 장르로 심원한 노래라는 의미를 가지며, 스페인에서 전승되고 있는 민요)'라 불리는 집시의 노래에는 애절한 탄식과 절규가 담겨 있다. 단순하고 감성적인 멜로디가 슬프기 그지없다.

반면에 플라멩코의 춤은 빠르고 격렬하며 관능적이다. 슬프고 느린 노래와 화려하고 빠른 춤. 바로 그 '엇박자'가 플라멩코의 특징이다. 그래서 플라멩코 댄서는 격렬하게 춤추면서도 표정은 늘 고통으로 일그러져 있다.

로르카(Federico Garcia Lorca, 1898~1936, 스페인의 시인 겸 극작가)는 시집 《칸테 혼도 시》에 수록된 〈집시 세기리야〉의 한 부분인 '기타'에 이렇게 썼다.

기타의
통곡이 시작된다.
새벽의
술잔들이 깨어진다.
(……)
입을 막으려 해도
불가능하다.
단조롭게 운다.

물이 울듯이,
눈밭 위에
바람이 울듯이.

또한 플라멩코 가수 마누엘 토레스에게 보내는 '플라멩코의
삽화들'의 한 부분인 '묘비명'에서는 이렇게 썼다.

내가 죽거든,
나를 나의 기타와 함께
모래 아래 묻어주오.

내가 죽거든,
박하와 오렌지 밭 사이
내가 죽거든.

내가 죽거든,
마음 내키면 그냥
풍향계 속에 묻어 주오.

내가 죽거든!

© 김순복

격렬한 영혼의 울림이라는 플라멩코 춤은 '뜨거운 피를 가진 자유로운 영혼을 지닌 이의 춤'이라고 한다. 플라멩코 가수의 탁음은 우리의 판소리처럼 애를 끊는 듯한 느낌을 준다. 그들의 한(恨)과 고통을 폭발시킨다고 하는데, 마치 '땅 밑에서 끓어오르는 슬픔에 끌려가지 않으려고 발버둥치는 모습'과 같다. 플라멩코 음악은 리듬이 다양하고 변화무쌍하여 악보도 없이 연주자가 편곡을 하는데, 춤추는 이도 순간적으로 음악에 몸을 맞춘다.

최근에는 판소리와 그들의 음악을 콜라보레이션하는 시도도 있었다. 프랑스의 작곡가 조르주 비제는 그의 오페라 〈카르멘〉에서 플라멩코 음악을 차용하기도 했다. 중남미 음악의

원류이자, 폐기된 음악이 아닌 실제로 즐기고 있는 하우스음악이라는데 큰 매력을 느낀다.

　일본인이면서 플라멩코의 본향인 스페인에서도 플라멩코에 관한 한 정상의 인기를 누리고 있는 코마츠바라 요코(小松原庸子, 1931~, 일본의 무용가)가 13여 년 전 자신의 무용단을 이끌고 한국을 찾은 적이 있다. 그는 "삶의 고단함과 애환을 불꽃같은 사랑으로 끌어안고 예술로 승화시킨 것이 플라멩코이다. 플라멩코의 매력은 무엇보다 삶의 소중함을 일깨우는 일이며 풍성한 사랑의 전달이라고 말할 수 있다."라고 하였다.
　현대무용가 코마츠바라 요코가 플라멩코 공연에 감명을 받

아 스페인 유학길에 오른 것이 1960년, 조각가 소토 에스로가
〈사그라다 파밀리아〉의 작업에 참여하기 시작한 것이 1978
년, 작가 시오노 나나미(塩野七生, 1937~)가 이탈리아 문명에 몰
입한 것이 1964년이다. 전위예술가 오노 요코(小野洋子, 1933~)
가 비틀즈의 존 레논을 만난 것도 아마 이때쯤 일 것이다.

일본은 한국전쟁 이후 20년 동안 세계 역사에서 유래를 찾
기 힘들 정도의 고도성장을 기록했다. 부유한 그들이 세계로
눈을 돌리며 여유를 누릴 때 우리는 주린 배를 움켜쥐고 앞만
보며 혹독한 세상과 마주해야 했다. 그 시기에 태어나 성장기
를 거친 나는 우리나라에 대한 자괴감과 하염없이 싸우면서
보냈던 기억이 난다. 새삼 씁쓸하다.

뜨거운 한낮 골목 레스토란테(Restaurante, 레스토랑)에서 타파
스를 안주로 삼은 맥주 한잔의 즐거움은 고된 여행길에서의
'셸터(Shelter, 피신, 대피)'의 역할을 충분히 해준다.

눈과 입이 행복했던 골목을 빠져나와 이제 드넓은 정원과
원시림처럼 시원한 곳을 찾아간다. 광활하고 아름다운 마리
아 루이사 공원(Parque de María Luisa)으로 가보자.

마리아 루이사 공원은 연못, 폭포와 분수, 꽃밭과 수목이
어우러진 아름다운 정원으로 세비야 시민들의 산책 코스로

산텔모 궁전 정원을 마리아 루이사 페르난다 공작부인에게 기증받은 세비야 시는 1929년 '이베로 아메리칸 박람회'의 개최를 앞두고 공원을 재단장해 지금의 모습으로 조성하였다. 1914년에 지어진 '파빌리온 무데하르' 건축물은 현재 〈세비야 예술 풍습 박물관〉으로 사용되고 있다. 오리와 백조가 노니는 작은 호수와 아름다운 분수도 볼 수 있다.

사랑받는 곳이다.

마리아 루이사 페르난다(María Luisa Fernanda, 1832~1897) 공작부인은 1893년 본인 소유의 산텔모 궁전 정원(Palacio de San Telmo)을 세비아 시에 기증하였고, 시에서는 감사의 뜻으로 그녀의 이름을 따서 공원을 만들었다. 이사벨 2세 여왕(Isabella II, 1830~1904)의 동생이기도 한 그녀의 고귀한 인품으로 하여금 도시 안에 원시림 같은 큰 숲이 생긴 것이다.

그러나 카를로스 4세(Charles IV, 1748~1819)의 왕비이자 재상인 고도이(Manuel de Godoy, 1767~1851)와의 부적절한 관계였던 여인이 떠올랐는데, 바로 마리아 루이사이다. 그리도 부도덕했던 그녀가 설마 정원을 기증했을까? 꺼림칙함에서 비롯된 검색의 결과, 설마는 역시가 되었다. 그녀의 탐욕스러운 얼굴에서는 기부의 고귀함이 나올 수가 없었다. 얼이 담긴 꼴이 바로 얼굴이라는 것을 새삼 깨달았다.

마리아 루이사 페르난다 공작부인과 마리아 루이사 디 파르마(María Luisa de Parma 1751~1819) 공녀는 다른 인물이었다. 전자가 광활한 정원을 시에 내놓은 훌륭한 인품의 마리아 루이사라면, 후자는 탐욕과 권력의 이름으로 고야의 그림 속에 기록된 인물인 마리아 루이사였다. 둘 중 어떤 삶을 택할 것인가를 생각해야만 하는 동성명 이인물(同姓名 異人物)이다.

녹지공원에는 다양한 새들이 노닐고, 사람들은 아름다운 가로수 길을 거닐고 있다. 스페인의 개척자 이름을 따서 코르테즈(Hernán Cortés)와 피사로(Francisco Pizarro y González)의 길이 십자형으로 교차하며 공원을 가로지르고 있다.

광활한 숲길을 걷기에는 무리라는 생각에 마차를 타기로 하였다. 마차의 행렬은 공원의 아름다운 길을 지나 종점인 스페인 광장에서 멈춰 섰다.

스페인은 여러 도시에 스페인 광장을 만들었다. 그레고리

펙과 오드리 헵번이 주연한 영화 〈로마의 휴일〉에 등장하는 '스페인 광장'은 스페인의 것을 벤치마킹하여 이탈리아에서 만든 것인데, 많은 이들에게 영화 속 아름다운 장면으로 각인되어 있다. 사람들을 불러 모으는 스토리텔링이 된 것이다. 흑백이었지만 영화의 힘은 실로 대단하였다.

그러나 스페인에서 가장 스페인다운 광장은 '세비야의 스페인 광장'이다.

09

Columbus de Seville vs El greco de Toledo

세비야의 콜럼버스, 톨레도의 엘 그레코

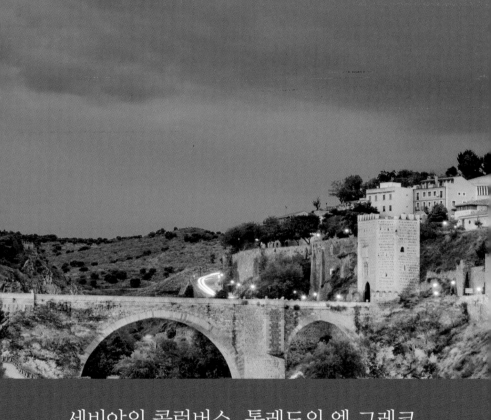

세비야의 콜럼버스, 톨레도의 엘 그레코

_세비야, 톨레도

로마교 아래 삼면이 강으로 둘러싸인 육군사관학교가 보인다.
프랑코 총통, 카를로스 5세를 배출한 곳이다.
톨레도는 가톨릭 대학원이 있는 종교도시이자 군사요충지역이다.
끊임없는 아시아, 아프리카, 유럽의 침략으로 인해 무기의 발달이 가속화되었다.
중세의 시간에 타호 강이 흐르고 나의 시간은 톨레도에 멈췄다.

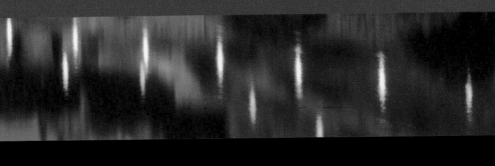

화려하고 웅장한 〈세비야 대성당(Catedral de Sevilla)〉이 100m 높이의 전탑(甎塔, 흙을 구워 만든 전으로 쌓아 올린 탑)을 곁에 끼고 있다. 바람개비라는 뜻을 가진 히랄다(Giralda) 탑이다.

원래는 이슬람의 예배 시간을 알려주는 탑, 미나레트(Minaret)였다. 탑은 이슬람 때의 것이었으나 기독교 왕국이 탑 위에 28개의 청동 종과 여신 형상의 풍향계를 장식해 성당의 부속물로 바꾸었다.

〈노트르담(Notre-Dame) 대성당〉의 콰지모도가 히랄다 탑의 종치기였다면 얼마나 힘들었을까? 34층까지 오르지 않아도, 28개의 종을 치지 않아도 되었으니 참 다행이었다.

아름다운 풍향계 아래, 탑의 네 면에는 동쪽부터 시계 방향으로 잠언 18장 10절의 내용이 라틴어로 새겨져 있다.

'TVRRIS FORTISSIMA NOMEN DNI PROVERB. 18'

─주의 이름은 견고한 망대라. 의인은 그리로 달려가서 안전함을 얻으리라.

과달키비르 강의 석탑은 정12각형으로 원에 가까운 것이 햇쑥한 얼굴을 하고 서 있다. '황금의 탑(Gold Tower)'이다. 각 면마다 아치형 문이 4개씩 나 있어 살짝 가벼워보인다.

탑의 몸체 위에는 4개의 화살표 여장이 한 면이 되어 12면의 테두리를 두르고 있다. 화살표 담장이 적을 살피고 있는 듯하다. 언제 심었는지는 모르지만 나이가 꽤 들어 보이는 팜트리(Palm Tree, 야자나무)가 길디긴 몸을 하늘거리며 탑 주변을 에워싸고 있다.

'황금의 탑'은 적의 침입을 막기 위해 과달키비르 강 상류에 세워졌다. 강의 좌우에 금의 탑과 은의 탑을 만들고 두 개의 탑을 쇠사슬로 연결해 놓았었다. 그러나 은의 탑은 리스본 지진으로 소실되었고 지금은 금의 탑이 홀로 남아 꿋꿋이 강물을 내려다보며 서 있다. 과거 신대륙에서 실어온 황금을 저장하였던 곳이라서 '황금의 탑'이라는 명칭이 붙여졌다는 이야기도 있다. 마젤란(Ferdinand Magellan, 1480~1521, 포르투갈 태생의 스페인 항해자)이 세계 일주를 떠난 곳도 바로 이곳 세비야의 '황금의 탑'이었다.

강은 북에서 남으로 유유히 흐르고 있다. 세비야는 강이 만든 축복의 도시이자 황금의 도시이다.

이탈리아의 작곡가이자 오페라의 거장인 로시니(Gioachino Rossini, 1792~1868)의 〈세비야의 이발사(El barbero de Sevilla)〉에 등장하는 로지나 방의 베란다가 보이는 산타크루즈(Santa Cruz) 거리에 들어섰다. 미로를 만들고 있는 집과 골목의 긴 그림자가 뜨거운 햇빛을 가리는 차양이 되어 준다.

골목을 휘젓고 다니다보면 예쁜 대문과 창문, 벽면을 보는 재미에 시간 가는 줄 모른다. 골목은 바닥까지도 예쁘고 멋스럽다. 갖가지 색과 문양으로 장식된 다양한 타일과 창마다 매달린 예쁜 화분들은 무채색의 일상에 생기를 불어넣는다.

1492년 유대인들이 떠나자 세비야의 귀족들은 이곳에 들어와 골목을 채우고 산타크루즈 거리를 만들어 나갔다. 오페라 〈세비야의 이발사〉에 등장하는 아름다운 모양의 베란다와 모차르트의 오페라 〈돈 조반니(Don Giovanni)〉의 무대가 된 병원을 스쳐 지나니 어설픈 아리아가 입가에 맴돈다.

버건디색과 흰색의 벽이 서로 마주보는 골목길에 들어섰다. 땅바닥은 빗살무늬 타일이요, 공중에 떠 있는 간판은 이슬람의 덩굴 풀 문양이다. 오밀조밀한 골목에 들어서니 황금의 태양이 언제 뜨거웠느냐는 듯 서늘하게 시침을 뗀다. 그라나다에 알바이신 언덕이 있다면, 세비야에는 산타크루즈 거리가 있다. 눈이 즐겁고 입이 즐거운 산타크루즈 골목이다.

좁다가 넓어지고, 화려하다가 수더분해지는 예측불허의 공간들이 연이어 나타난다. 다양한 모습의 주택과 상점들을 구경하다보면 자칫 길을 잃고 헤맬수도 있지만 이곳에선 길을 잃어도 지루하지 않다.

로시니의 〈세비야의 이발사〉를 본 날을 떠올려본다.

마드리드에서 마음에 꼭 드는 아가씨를 만난 젊은 백작 알마비바는 그녀를 따라 세비야까지 온다. 아가씨의 이름은 로지나. 하지만 로지나는 바르톨로 박사의 후원을 받으며 그의 집에 갇혀 지내는, 마음대로 외출조차 할 수 없는 상황이다. 그런 현실을 안타까워하며 매일 아침 로지나의 방 베란다 아래서 사랑의 세레나데를 부르던 알마비바 백작은 어느 날 우연히 자신의 하인이었던 피가로를 만난다.

자영업자 이발사로 일하는 피가로는 자신이 세비야에서 얼마나 잘 나가는 인물이 되었는지를 아리아 〈나는 마을의 만능

일꾼(Largo al factotum)〉을 통해 들려준다. 귀족의 밑에서 하인의 신분으로만 존재했던 중세시대의 이발사가 시대가 바뀌며 당당한 자영업자가 된 것이었다. 돈이 힘을 발휘하기 시작하고 귀족의 존재감이 점점 작아지는 17세기의 유럽을 그린 희극 오페라 〈세비야의 이발사〉에서는 역동적으로 살아 움직이는 세비야를 발견할 수 있다.

모차르트의 〈피가로의 결혼(Las bodas de Fígaro)〉, 〈돈 조반니〉를 비롯하여 베토벤의 〈피델리오(Fidelio)〉와 비제의 〈카르멘〉 등 명작 오페라가 모두 세비야를 배경으로 한 것도 그 역동성이 한몫했을 것이다.

번영의 도시 세비야는 콜럼버스의 도시이기도 하다. 이탈리아 이름이 크리스토포로 콜롬보(Cristoforo Colombo)인 콜럼버스는 이탈리아 제노바에서 출생한 것으로 알려졌으나, 주로 스페인 국왕의 후원을 받아 탐험했다.

콜럼버스는 죽어서도 여전히 호사가들의 입에 오르내린다. 아메리카 대륙의 발견자냐, 침략자냐 논란은 물론이고 사망 후 유골 안치 장소 논란은 최근까지 이어졌다. 1506년 숨진 뒤 그의 유골은 〈세비야 대성당〉에 안치되었는데, 2000년대 초 이 유골이 가짜라는 의혹이 제기돼 세계가 떠들썩했다. 스페인 연구진이 후손의 DNA를 유해와 대조해 이곳 성당의 유해가 진짜라고 발표한 뒤에야 논란은 일단락되었다.

스페인은 역사적 업적에도 불구하고 비참한 말년과 고단한 사후를 보낸 콜럼버스가 안쓰러웠는지 "죽어서도 스페인 땅은 밟지 않겠다"던 그의 유언을 '일부' 존중하였다. 현재 콜럼버스의 관은 스페인의 옛 왕국인 레온, 나바라, 아라곤, 카스티야 왕들의 조각상이 짊어진 채 허공에 떠 있기 때문이다.

콜럼버스가 잠든 〈세비야 대성당〉은 구조 공사에 100년, 내부 장식에 300년이 걸렸다. 외부는 고딕 양식이요, 내부는 르네상스와 바로크 양식이 혼재돼 세월의 겹겹을 보여주고

1401년 건축을 시작하여 1506년 완공된 〈세비야 대성당〉은 전체 길이 135m에 달하는 스페인에서 가장 큰 성당이다. 성당 완공 5년 뒤인 1511년 돔 지붕이 무너져 다시 세웠고, 1888년 대지진으로 천장이 무너져 15년의 공사 끝에 지금의 모습으로 완성되었다.

있다. 성당에는 화가 무리요의 작품 〈성모 수태〉와 〈성 안토니오의 환상〉이 눈길을 끈다.

흔히 스페인을 '로마의 발명품'이라고 한다. 스페인은 로마의 기술력과 개방성의 DNA를 물려받았다. 가장 스페인다운 세비야는 벨라스케스를 낳았고, 무리요를 키웠다. 세계 3대 미술관의 하나인 마드리드의 〈프라도 미술관〉에는 세 개의 동상이 서 있다. 셋 중 둘은 세비야가 낳거나 키워낸 셈이다.

스페인의 힘을 생각해 본다. 스페인은 콜럼버스 덕분에 아메리카 교역 독점권을 따냈다. 이를 통해 쌓은 경제력은 훗날 학문과 예술이 왕성하게 꽃피우는 밑바탕이 됐다. 반면 평화

롭게 살던 원주민들은 대량 학살을 당하거나 노예로 전락했다. 세계사의 흐름이 바뀐 것이다.

세계사를 들여다보면 국경에 담을 쌓고 다른 국가들과 소통을 단절한 나라들이 많다. 그러나 바다를 국경으로 둔 스페인은 다양함이 공존하며 풍부한 문화가 자연스럽게 자리잡았다. 안달루시아의 뜨거운 태양과 황금빛 대지는 그런 스페인을 더욱 더 타오르게 만드는 용광로가 되었다.

대성당을 뒤로하고 나오는 길에는 찬란하다 못해 이글거리는 햇살이 버티고 있다. 태양을 피하느라 그늘과 숨바꼭질을 한다. 결국 태양의 찬란한 자유를 나는 거역하지 못한다.

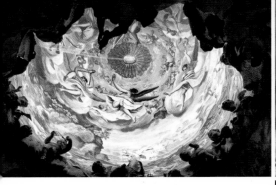

페르난도 3세가 1227년 건설을 시작하여 1493년에 완성된 〈톨레도 대성당〉은 길이 120m, 너비 59m에 이르는 대규모의 건축물이다. 스페인 회화의 3개 거장 엘 그레코의 작품, 고야, 라파엘 등 화려한 종교 예술품이 소장되어 있어 미술관을 방불케 한다.

'삶이 이토록 환하고 빛나는 것이었던지……'

발걸음을 돌려 톨레도로 향한다. 스페인 가톨릭 총본산으로서 〈톨레도 대성당(Catedral de Santa María de Toledo)〉의 위용은 대단하다. 공사에 260여 년이 걸린 만큼 다양한 건축가와 예술가의 솜씨를 엿볼 수 있다. 프랑스의 영향을 받아 스페인 스타일로 조정된 고딕양식의 건축물로, 천정의 궁륭(穹窿)에 이어진 벽은 사람 갈비뼈를 연상시킨다. 투박하지만 무거워 보이지 않고 가볍고 가늘게 보이는 것이 고딕양식 성당의 맛일까? 대성당 안을 밝혀주는 하얀 성모의 미소가 우리나라 미륵의 미소처럼 그 입매가 참 이쁘다.

성당은 엘 그레코의 〈그리스도의 옷을 벗김〉 등 다수 작품을 소장하고 있다. 대성당 외에도 톨레도 곳곳에는 엘 그레코와 얽힌 이야기가 전해 내려온다.

"크레타는 그에게 생명을 부여했고, 톨레도는 그에게 붓을 선사했다."

톨레도의 시인이며 수사인 펠릭스 오르텐시오 파라비시노(Hortensio Félix Paravicino)는 엘 그레코와 그를 키운 도시의 친분을 제대로 표현하고 있다.

톨레도의 모든 것은 엘 그레코를 통한다고 해도 지나치지 않을 만큼 그는 톨레도와 한 몸으로 일체화되어 있다. 〈톨레도 대성당〉에선 콜럼버스와 정반대 사후를 맞은 엘 그레코의 흔적을 찾을 수 있다.

톨레도를 사랑했던 엘 그레코는 이 땅에 묻히기를 바랐지만, 그의 아들과 수녀원 간의 다툼으로 무덤이 공중분해 되어 그 뜻을 이루지 못했다.

죽어서도 스페인을 떠나지 못한 콜럼버스, 스페인에서 얻고자 했던 영원한 안식을 얻지 못한 엘 그레코. 두 이방인의 사후가 묘한 대조를 이룬다.

때로는 전설과 같은 역사의 흔적으로, 때로는 이국적 정취의 신비감으로, 때로는 숨겨진 열정을 끌어내는 뜨거움으로 나를 맞이해준 톨레도. 스페인은 역시 다양한 삶과 문화가 공존하는 모자이크의 나라다.

〈톨레도 대성당〉을 보고 나오는 길에 허물어진 성이 보인다. 이들은 허물어진 성을 그대로 두며 상상하는 민족일까. T가 혼잣말하듯 나지막이 말한다.

'여기는 비가 많이 오지 않으니 허물어진 채로 보존할 수 있을 거야.'

T는 한 번씩 중요한 곳에서 나를 감동시킨다.

10

Cervantes
&
Ruta de
Don Quijote

세르반테스와 돈키호테의 길

세르반테스와 돈키호테의 길

_라만차

스페인은 두 얼굴을 지니고 있다. 하나는 '슬픈 얼굴의 기사'라는 돈키호테의
열정적이면서 긴 얼굴이고, 다른 하나는 실용주의자인 산초의 멍청한 얼굴이다.
모든 것은 죽음에 속한다. 無. 無. 그 무엇도 아닌 것.
스페인의 영혼이 발하는 가장 심오하고 특징적인 외침이 이 無에 대한 의식,
즉 인생은 꿈이라는 생각이다. —니코스 카잔차키스의 《스페인 기행》에서

이베리아반도 중부고원지대의 라만차(La Mancha) 평원을 지나간다. 듬성듬성 점을 찍듯이 자라는 둥근 나무들이 마치 사막 위의 연둣빛 목초 더미와 같다.

아하! 바로 어린 올리브나무 묘목들이구나. 작년에 들른 비옥한 롬바르디아(Lombardia, 이탈리아 북부지방) 평원과 비교하면 무척 황량하고 건조한 곳이다.

거칠고 척박한 느낌을 주는 드넓은 평원을 달려온 지 한 시간 남짓, 언덕 위에는 풍차들과 오래된 성 하나가 모습을 드러낸다. 나는 스페인 중부지방의 지평선과 이렇게 눈 맞춤을 하였다.

《유럽음악 도시기행》에서 황영관(1935~2002)은 이렇게 말했다.

"역사가 있고, 예술적인 멋이 있고, 거기에 황량한 아름다움을 가지고 있는 곳이 바로 라만차. 그러나 '라만차' 하면 세르반테스가 쓴 《돈키호테》가 제일 먼저 떠오른다. 건조한 평

야, 바람에 날리는 곡물, 보라색으로 뒤덮은 샤프란 꽃, 올리
브, 그리고 일직선으로 늘어선 포도밭이 시선을 끈다. 그러나
이러한 단조로운 풍경도 투명한 하늘에 치솟은 하얀 풍차 때
문에 달라진다."

　오래전부터 이곳은 바람이 많은 지역이라 사람들은 풍차방
앗간을 만들었을 것이다. 인근에 풍력발전기가 바람을 가르
면서 돌아가고 있다. 연필 한 다스를 풀어놓은 듯 야산 위에
하얀 풍차가 줄을 지어 서 있다. 풍차 안으로 들어가서 계단
을 오르고 또 올라 무려 풍차 속 4층에서 마주친 창문은 적을

관찰하는 성(城)으로도 손색이 없어 보인다.

세르반테스(Miguel de Cervantes Saavedra, 1547~1616, 스페인의 소설가)가 살았던 때에는 풍차를 이용하여 탈곡을 하였고, 찧은 곡식을 보관하기 위해서 성을 만들었다. 당시에는 식량 때문에 나라를 침략하는 것은 다반사였기 때문이다. 하얀 풍차 떼와 풍력발전기를 바라보면서 거친 바람이 만들어낸 오래됨과 새로움 속에 나는 서 있다.

라만차는 '고원'을 뜻하는 아랍어에서 유래한 말로 '건조한 땅'을 뜻한다. 비가 잘 오지 않는 건조한 곳이기에 오래된 성

을 지금도 쓰다듬고 안아줄 수 있다. 건조함이 주는 축복인지도 모른다. 로마시대에 지어진 콘수에그라 성(Consuegra城)에 올라 줄지어 서 있는 풍차를 바라본다. 로마시대를 거쳐 이슬람의 요새를 지나 기독교시대로 이어진 굳건한 성이다. 세월이 만들어낸 두터운 황톳빛 흙과 담황색 벽돌이 단단하고 야무진 모습으로 메마른 대지에 덧대어져 있다.

"풍경이 인간의 영혼을 지배한다. 풍경을 보지 않고 인물이나 사건, 분위기를 완벽하게 이해하기는 어렵다. 시대적·문화적 배경지식과 현장을 확실하게 알아야 한다."

번역을 위해 '돈키호테의 길'을 간 안영옥 교수의 말처럼 나는 《돈키호테》를 현장에서 만나고 싶었다. 그것은 마음속에 돈키호테(Don Quijote)라는 가공의 인물과 함께 그가 거쳐 간 곳을 따라가고자 하는 순례자의 마음인지도 모른다.

라만차 지방에 위치한 도시 시우다드레알(Ciudad Real)의 푸에르토 라피세(Puerto Lápice) 마을에는 벤타 델 키오테(Venta del Quihote)라는 이름의 '돈키호테 여관'이 있다. 풍차에서 내려와 돈키호테가 들렀을 법한 역차, 주막집에 들렀다. 돈키호테가 성으로 착각하고 엉터리 기사 작위를 받았다는 집이다.

라만차의 전형적인 중부지방의 가옥이라고 하는데, 한국의 중부지방의 것과 구조가 거의 유사하다. 나지막한 기와지붕 아래에는 디근자형 집 중앙에 우물이 있고 농기구와 수레가 언제든지 쓰여질 준비태세를 갖추고 있다. 어릴 적에 살았던 곳과 비슷하여 정감이 갔다.

주막에 들어서니 한 켠에 배부른 장독들이 도열해 있다. 포도주를 담그는 항아리들이다. 모양이 대형 도자기가 아니라 우리나라의 큰 장독과 비슷하여 반가웠다. 기계가 아닌 사람 손으로 으깨어 내린 포도주로 낮술을 한잔 걸치고 바텐더와 함께 사진 속에서 활짝 웃었다. 바텐더 뒤의 벽면에는 이집트 피라미드에서 나온 듯한 인물이 그려져 있어 더 멋져보였다.

여관을 나와 소설의 무대 시우다드레알 시내에 위치한 〈돈키호테 박물관〉으로 향했다. 세르반테스가 묵었던 2층 파란 창문과 《돈키호테》를 집필하던 책상을 보며 17세기의 세르반테스, 그리고 돈키호테와 잠시 교감하였다. 2층의 전시실에는 돈키호테의 문학적 정리를 일본어에 일본 삽화까지 곁들여 만든 자료가 보인다. 개관에 일본인이 참여한 듯하다. 그럴만한 것이 소설 《돈키호테》를 세계 최초로 번역한 것이 일본이었다. 일찍이 근대화한 일본의 흔적이 이곳에서도 보인다.

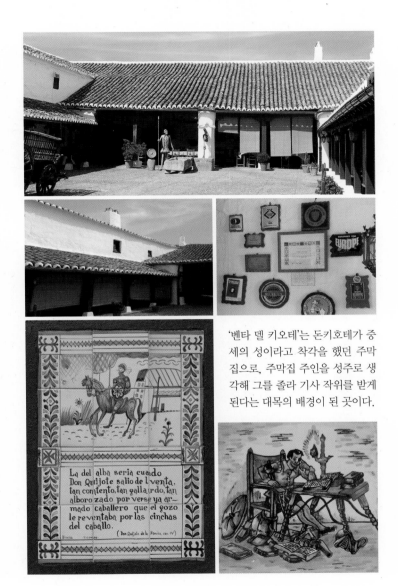

'벤타 델 키오테'는 돈키호테가 중세의 성이라고 착각을 했던 주막집으로, 주막집 주인을 성주로 생각해 그를 졸라 기사 작위를 받게 된다는 대목의 배경이 된 곳이다.

스페인 라만차에서 중국과 일본의 개방의 흔적을 보면서 백여 년 전 우리의 쇄국정책에 대한 아쉬움이 스쳐 지나갔다. 돈키호테는 중부 라만차의 한 마을에서 출발하여 남부의 시에라 모레나(Sierra Morena) 산에서 고행한 뒤 동북부의 사라고사와 바르셀로나에 이른다. 나는 이제 라만차의 한 마을을 거쳤다. 그리고 언제가 될지는 모르겠지만 다음 여정에 대한 도전도 이어가리라 마음속으로 다짐하였다.

소설가 서영은(徐永恩, 1943~)은 《돈키호테, 부딪혔다, 날았다》에서 "라만차 지방은 일명 메세타(Meseta) 지역이라고도 불린다. 요즘으로 치자면 소설 《돈키호테》는 로드무비(Road Movie)다. 돈키호테는 자신을 기다리고 있을 전투를 생각하며, 산초는 그의 옆에서 당나귀에 의지한 채 가죽부대의 포도주를 마시며 까마득한 지평선을 향해 걷고 또 걸었다. 가장 중요한 것은 돈키호테의 말과 생각, 태도를 마음으로 재현해보는 것이다. 소설 속 돈키호테와 산초 판사가 다닌 길이 무려 2,500km이다."라고 하였다.

세르반테스는 자신의 의기(義氣)를 가지고 살았던 사람이다. 또한 인간의 이중성(二重性)을 그린 세상을 바라보는 방식이 다른 이상주의자라고 생각한다. 《돈키호테》는 성서(聖書) 다음으로 다양한 언어로 번역된 고전(古典)이다. 그 이유에 대해 안영옥은 "존재하지 않는 이상의 나라가 있을 수 있는 '유토피아'를 이야기하고 있기 때문"이라고 말한다.

《돈키호테》를 원작으로 한 대부분의 작품이 소설 속 에피소드를 충실하게 반영하고 있을 때, 브로드웨이에서는 조금 색다른 돈키호테가 등장했다.

뮤지컬 〈맨 오브 라만차(Man of La Mancha)〉는 반세기 전 브로드웨이에서 초연되었는데 세르반테스가 화자(話者)로 등장한다. 대본을 쓴 데일 와서먼(Dale Wasserman, 1914~2008, 미국의 극작가)은 세르반테스의 삶과 돈키호테의 삶이 결코 다르지 않았다고 해석하였다. 뮤지컬은 세르반테스가 자신의 작품 《돈키호테》로 즉흥극을 벌인다는 설정으로 펼쳐진다. 그래서 〈맨 오브 라만차〉는 우리에게 익숙한 돈키호테의 이야기이자 세르반테스의 이야기이기도 하다.

평생 불운이 따라다녔던 그는 자신이 창조해 낸 인물 '돈키호테'를 통해 영원히 살아 있다. 《돈키호테 2부》 마지막 문장에서 이렇게 말한다.

"돈키호테는 나를 위해 태어났고 나도 그를 위해 태어났소. 그는 행동을 하고 나는 기록을 하는 것이오……. 그리하여 우리 둘은 하나인 것이오. 안녕히!"

동서양을 가리지 않고 회화, 공연, 영상 등 시각예술로 가장 많이 옮겨진 문학 작품 중의 하나가 《돈키호테》이다.

먼저 피카소가 그린 〈돈키호테〉 표지화(1955)와 게일 앤더슨(Gail Anderson, 1962~, 미국의 그래픽 디자이너)의 〈맨 오브 라만차〉 포스터(1992)를 보았다. 피카소의 표지화와 앤더슨의 포스터가 서로 만났다고 생각한다. 흑백으로 단순화한 표지화와 노랑과 검정의 명시도가 높은 포스터의 만남은 나만의 생각일까?

돈키호테하면 떠오르는 상징으로 대표적인 것은 풍차, 마른 체형의 기사, 긴 창 그리고 말이다. 두 작품은 돈키호테의 상징을 나타내는 데에서 조우했을 것이다. 그래서 예술은 길고 인생은 짧다.

또한 제71회 칸영화제(2018) 폐막작으로 화제를 모은 〈돈키호테를 죽인 사나이(The man who killed Don Quixote)〉는 천재 CF 감독 토비가 자신을 돈키호테라고 믿는 노인과의 여정을 통해 점점 동화되어가는 모습을 그렸다.

그는 소설과 영화가 가지고 있는 메시지를 뚜렷하게 전달한다. 테리 길리엄은 "이 영화는 세상을 바꿀 꿈과 힘에 대한 이야기이다."라고 하였다.

감독의 말처럼 꿈을 잃은 채 현재를 살아가는 잠재적 돈키호테들에게 많은 시사점을 남길 것이다. 돈키호테는 '불가능한 꿈을 꾸는 존재의 아이콘'으로 현대인들에게 깊이 각인된 현재진행형의 살아 있는 캐릭터이다.

"모든 시간은 한계가 있고,

(중략)

안녕, 아름다움이여.

안녕, 재미있는 글들이여.

안녕, 기분 좋은 친구들이여.

만족스러워 하는 그대들을 다른 세상에서 곧 만나기를 바라면서 난 죽어가고 있네……."

세르반테스의 유작이 된 《사랑의 모험》에 쓰여진 서문(序文)이다. 가장 작가다운 생각을 유언으로 남긴 서문이라고 생각한다. 누구나 공감할만한 글이다.

마드리드에는 '거대한 세르반테스 기념 동상프로젝트'가 있다. 그의 사망 300주년이자 《돈키호테 2부》 발간 300주년(1915~1916)을 기념한 것이다. 이 프로젝트를 녹여낸 것이 '마드리드의 스페인 광장'이다.

그로부터 백 년 뒤 2016년 4월 23일은 영국과 스페인의 대문호 '셰익스피어와 세르반테스'가 타계한 지 400주년이 되는 해였다. 앞서 유네스코는 두 대문호의 타계한 날을 '세계 책의 날'로 정했다.

17세기 당시 길에서 책을 읽으면서 웃는 사람을 마주친 펠리페 3세가 그랬단다.

"저 친구는 이성을 상실했거나 아니면 《돈키호테》를 읽고 있는 게로군."

좋든 싫든 세르반테스는 영원히 살아서 돈키호테로 남아 있다. 그가 좋아할지 아닐지는 모르겠지만….

하지만 나는 좋다. 중학교 시절 국어 교과서에서 처음 만난 돈키호테를 50년이 지나서도 만나고 기억하고 입에 올리는 것이 행복하기 때문이다.

Gente que conocíste en España

스페인에서 만난 사람들

스페인에서 만난 사람들

_세고비아

아치는 로마인들이 높게 보이려는 묘한 심리가 만들어낸 발명품이다. 정밀한
화강암 탑들이 아치로 태어나 시각적인 즐거움을 주고 있다. 로마의 트라야누스
황제가 세운 놀라운 건축물, 수도교야, 땡큐! 옥수수자루처럼 생긴 사그라다,
고슴도치처럼 생긴 세고비아, 자이언트 초콜릿 판처럼 생긴 〈카를로스 5세 궁전〉.
스터드찡이 벽면에 가득 채워진 옹벽에서 아르누보의 첨단을 보는 듯하다.

민낯을 드러낸 수도교(Aqueducto, 水道橋)가 정오의 햇빛을 견디내고 있다. 짱짱한 돌의 소리가 뜨거운 태양에 화답하는 것처럼 들린다. 마치 내가 돌과 호흡하는 느낌이다. 원시의 거대한 오르간에서 돌의 경쾌한 소리가 들리는 듯하다.

　지금의 아파트로 치면 대략 15∼16층 높이에 길이는 700m 남짓한 거대한 돌 오르간이다. 매듭의 연속(連續)무늬가 아치를 이루어 경쾌한 리듬을 타며 장관을 이루고 있다. 거대한 아치는 2층으로 이루어져 있는데, 170개의 견고한 아치의 하모니 속에는 '쉬 들뜨지 않는 묵직한 평온'이 자리 잡고 있다. 세고비아에서 나는 대낮의 스페인과 그렇게 인사하였다.

　시대의 변화가 비껴간 것과 같은 마을에 들어섰다. 이천 년이 넘은 것과 대화를 할 수 있고, 이천년을 견디낸 로마의 수도교가 1928년까지 제 할 일을 했던 곳이다. 수도교는 건축에 있어서 조형 디자인의 요소인 스케일, 균형, 조화, 리듬, 변화를 모두 갖추고 있다.

세고비아를 지켜온 수도교처럼 로마 건국의 시조 로물루스와 레무스 형제가 늑대 젖을 먹는 동상이 서 있다.

그리스 로마 신화에 따르면, 금혼령으로 평생 처녀로 살아야 하는 베스타 신전의 여사제 실비아가 전쟁의 신 마르스에게 겁탈당하여 아이를 낳는다. 그렇게 태어난 쌍둥이가 로물루스(Romulus)와 레무스(Remus)이다. 왕의 결정으로 강물에 버려진 이들은 늑대에게 발견되어 늑대 젖을 먹고 자라났다. 훗날 형제는 아버지에게 복수하고 왕권을 쟁취하였고, 건국을 위해 길은 떠난다. 그러나 새로운 나라를 세우며 형제에게는 다툼이 일어났고, 결국 로물루스는 자신을 배신한 레무스를 죽이고 성을 쌓아 도시를 세웠다. 그렇게 세워진 것이 로마이다.

세고비아에서 만난 이 동상과 유럽 존재의 관계를 생각해 본다. 스페인은 로마의 속국이 아니라 제국의 일부였으므로 그곳 사람들 또한 모든 권리를 향유할 수 있는 로마시민이었다. 클라우디우스(Claudius)를 비롯한 유능한 황제들과 걸출한 철학자 세네카(Lucius Annaeus Seneca)도 이곳에서 배출되었다.

로마 침략의 역사를 인류의 문화유산으로 재해석하고, 800년간의 이슬람 침략의 결과를 그들의 최고의 유산 〈알람브라 궁전〉이라고 해석하는 스페인. 다양한 얼굴이 공존하고, 다양한 삶과 문화가 공존하는 모자이크의 나라이다.

"스페인은 청춘과 꿈, 그리고 그리움의 다른 이름이다."

나는 그 말에 꼬여 10년 동안이나 스페인을 끝없이 동경하였다.

마법의 성과 같은 알카사르에 들어섰다. 세고비아의 알카사르는 엘레스마(Eresma) 강과 클라모레스(Clamores) 강이 합류하는 지점의 우뚝 솟은 바위 위에 서 있다. 물이 채워져 있지 않아 해자의 깊이감이 아찔하다. 천혜의 요새다.

성의 옥상 테라스를 장식한 작은 돌구슬의 조형미가 눈길을 끈다. 화살표 여장의 화살촉 위에 조그만 방울을 올려 함께 조화를 이룬다. 웅장한 외부와 달리 내부는 정교하기 이를 데 없다. 카스티야 왕가도 성의 아름다움을 사랑했던 걸까. 이사벨 1세(Isabel I1451~1504)는 왕위 즉위식을, 펠리페 2세(Felipe II, 1527~1598)는 결혼식을 이곳에서 올렸다.

알카사르는 스페인의 다른 요새와 마찬가지로 로마와 이슬람 건축의 유산이 밴 성이다. 펠리페 2세는 중부 유럽의 궁전을 모방해 뾰족한 첨탑을 얹었다. 적의 침입을 막기 위해 창문을 봉쇄하고, 활을 잘 쏠 수 있도록 첨탑을 설계한 것은 당시에는 군사적 목적이었지만 후대에게는 동화적 상상력을 불러 일으키게 하는 모티브가 되었다.

스페인에서 가장 아름다운 중세의 성으로 유명한 세고비아의 알카사르는 14세기 중반에 건축된 것이었으나, 1862년의 화재 후 20세기에 개축되었다. 월트 디즈니의 〈백설공주〉에 나오는 성의 모델이 되었다고 해서 '백설공주 성'이라고도 불린다.

월트 디즈니는 이 성을 매우 좋아해서 애니메이션 〈백설 공주〉 속 여왕의 성의 모델로 삼기도 했다. 게다가 스페인의 화가 살바도르 달리(Salvador Dali, 1904~1989)와도 꽤 친분이 있었다고 하니 상상력을 펼치는데 큰 도움을 받지 않았을까 싶다. 1967년 제작된 뮤지컬 영화 〈카멜롯〉에도 이곳이 등장한다.

수도교 근처 재래시장에서 슈가 파우더가 듬뿍 뿌려진 페이스트리(Pastry)를 샀다. 윤이가 쩍 벌어진 큰 한입, 내가 쩍 벌어진 큰 한입을 먹었다. 그런데도 남았다. 단맛의 깊이가 대단한 달콤함이었다.

유럽의 식탁이자 미식의 천국이라는 스페인에는 재래시장에서부터 먹거리가 넘쳐난다. 식재료를 파는 도매시장이라기보다는 현장에서 바로 먹을만한 음식들을 파는 시장인 듯하다. 밝고 깨끗하고 활기가 넘친다. 마치 파티를 여는 것처럼 부스마다 조명이 화려하고, 대형 통유리가 사면을 둘러싸고 있어 얼른 들어가고 싶게 만들었다.

코치니요 아사도(Cochinillo Asado, 새끼돼지구이) 레스토랑에서 검은 눈썹에 가무잡잡한 피부의 아가씨가 나에게 다가왔다. 그녀는 미소가 무기였다. 서로 스페인어와 한국어를 모르니 얄팍한 실력이지만 영어를 쓸 수밖에 없었다.

그녀의 고향은 안달루시아 지방이었고, '보니따(Bonita)'라는 단어를 입에 자주 올렸다. 나중에 사전을 뒤져보니 경쾌한 발음만큼이나 근사한 뜻이다. '귀여운, 예쁜, 고운.'

'감탄사가 나오는 달콤함'하면 지금도 수도교와 슈가 파우더가 떠오르고 '가무잡잡한 예쁜 아가씨'하면 안달루시아와 보니따가 생각난다. 안달루시아 아가씨가 말한 '보니따'가 가리키는 기분 좋은 느낌은 두고두고 즐기고 싶다. 수도교 근처 레스토랑에서 만난 아가씨 외에도 여행하면서 만난 기억하고 싶은 사람들을 이야기해볼까 한다.

톨레도에서는 〈산토 도메 성당(Iglesia de Santo Tome)〉을 관람하고 나와 점심을 먹었다. 대낮부터 타파스(Tapas, 식욕을 돋우어 주는 애피타이저의 일종)와 상그리아(Sangría, 와인에 여러 가지 과일 등을 넣어 마시는 스페인식 음료)가 메뉴였다. 여기서는 낮술을 걸쳐도 괜찮겠지, 대낮에 얼굴 좀 발그레해진다고 대수인가? 합석한 A네 가족의 발랄한 오십 대 엄마는 자기 남편에게 끼니때마다 맥주를 시켜달란다. 내 딸에게 함께 마시자고 권하기도 한다. "왜 안 드세요?"라고 묻는 표정에서 본인은 벌써 즐겁다. 예고 학생 A는 붉은 밤색으로 염색하고 입술에는 틴트로 엷은 화장을 하였다. 이쁜 옷을 여러 벌 차려입어 우리가

보는 눈이 즐거웠다. A네 아빠는 와인, 엄마는 맥주, A는 상
그리아를 주문했다. 그들과 함께 알딸딸하게 취하니 서로 방
어 태세를 풀고 까르르 웃음보가 터진다. 그들은 유쾌해서 좋
았다. 농촌 출신의 자수성가 사업가(본인의 말)인 A네 아빠는
사업가 특유의 친화력과 사람들에게 말 붙이기 좋아하는 사
람이었다. 그 속에는 허세도 관심도 사랑도 다 들어있다.

　〈산토 도메 성당〉은 세계 3대 성화 중 하나인 〈오르가스 백
작의 매장(엘 그레코)〉이 있는 곳이다. 장소와 인물의 만남이
랄까? 〈산토 도메 성당〉도 상그리아와 타파스를 함께 먹었던
사람들도 모두 기억하고 싶은 곳이다.

뜨거운 햇살을 견디다 못해 카페로 피신하여 홀짝거리던 맛은 지금도 뇌리에 박혀 있다. 친구들은 와인을 시키고 나는 상그리아를 시켰다. 상그리아는 와인에 사과와 레몬 등의 과일을 섞어 얼음을 띄운 스페인 음료(술)인데, 내가 주문한 것을 친구들이 한 모금씩 돌려가며 맛보더니 자기네들도 추가로 주문한다. 은근히 중독성이 있어 계속 마시다보면 취기가 오르긴 하지만 지금도 기분 좋게 취하고 싶을 때는 상그리아와 아기자기한 타파스가 떠오른다.

"역사 선생님으로 일하다 퇴임하고 이제 현지 안내인을 해요. 연금 덕에 꼭 돈을 벌 필요는 없는데, 외국인들에게 우리 역사를 설명하는 게 참 재미있어요."

〈알람브라 궁전〉의 현지 안내인 루스는 기품 있는 육십 대 초반 여인이다. 민소매 원피스에 내비친 팔뚝과 다리는 건강하고 올곧아 보인다. 내가 닮고 싶은 건강미인이다. 반듯한 가르마에 살짝 내려온 금발과 세련된 납작 샌들이 몸의 처음과 끝을 조화롭게 마무리한 인상을 준다. 건강한 피부에 핑크 톤의 립스틱과 매니큐어가 화사함을 더했다. 별, 달, 나뭇잎 무늬가 기하학적으로 반복된 원피스에 옥색 귀걸이로 포인트를 준 것도 백미(白眉). 육십 대의 아름다움을 칭찬하고 싶었다. 그녀는 자국의 문화에 대한 대단한 자부심을 가지고 현지 안내인의 역할을 수행하고 있단다.

윤이는 루스와 영어로 말하면서 표정과 몸짓이 한결 말랑말랑해보였다. 둘은 서로 소통하고 있었다. 윤이는 그녀와 헤어지면서 자신의 명함을 가져오지 않은 것을 몹시 아쉬워했다. 나는 〈카를로스 5세 궁전〉에서 가곡 〈보리밭〉을 용기 내어 불러보지 못한 것을 후회했다. 아쉬움은 항상 머릿속에서 반복되고 있다. 시행착오를 하지 않는 것이 정신건강에 좋다.

스페인 현지 안내인의 역할과 연금수혜자의 만족에 대해 잠시 생각해본다. 우리의 고궁에는 문화유산해설사라 이름 붙은 궁궐지킴이가 있다. 직업으로 가지고 있는 사람도 있고 봉사활동을 하는 사람도 있다. 루스와 〈알람브라 궁전〉, ㅇㅇ와 〈창덕궁〉으로 어떤 그림을 그려야 할까? 은퇴를 앞두고 즐겁고 사회에 도움이 되는 일을 준비하는 것은 어떨까? 나에게 자문해본다. 준비가 되어있느냐고….

루스에게는 영화에서 본 로마 여인 같은 분위기가 맴돌았다. 스페인이 옛 로마의 한 부분이었으니 그럴 수도 있겠지 싶다. 생각할수록 기분 좋은 여인이다.

12

Santa María de Montserrat & Palacio Real Madrid

몬세라트 수도원와 마드리드 왕궁

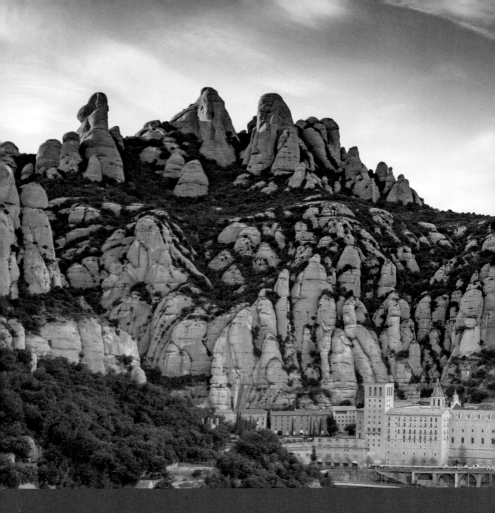

몬세라트 수도원과 마드리드 왕궁

_몬세라트, 마드리드

힘든 일이 있을 때 간절함으로 찾는 곳이 어디 깊은 산뿐이겠는가?
'제가 힘듭니다'라며 토해내고 위안과 마음의 치유를 얻고자 하는
우리들의 모습이 여행자의 모습으로 잠시 서 있을 뿐이다. 검은 성모께
마음속으로 도움을 청한다. 여행지에서 돌아와서 시간이 지나더라도
어떤 종교를 믿더라도 성모상에 위안을 받고 싶은 우리의 모습은 공평하다.

세계 4대 성지의 하나인 〈산타마리아 데 몬세라트 수도원 (Santa Maria de Montserrat)〉을 향해 산을 오르고 있다. 군데군데 드러난 지층이 보인다. 시루떡을 앉혀 놓은 듯 역암(礫巖, 주로 둥근 자갈로 구성된 퇴적암)과 석회석, 잔돌이 잘 섞여 있다. 버스 차창으로 보이는 지층의 파노라마이다.

4000만 년의 역사를 가진 바르셀로나는 예전에는 바다였다. 해발 1,235m의 몬세라트는 해저(海底)의 융기(隆起) 작용에 의해 만들어졌기 때문에 태초의 자연을 그대로 보여준다.

6만여 개의 봉우리로 이루어진 산세가 마치 톱처럼 생겼다고 해서 '몬세라트(Montserrat, 톱니 산)'라는 이름이 붙었다. 로마인에게는 몬스세라투스(톱니 모양산), 카탈루냐인에게는 몬트 사그라트(신성한 산)라는 이름으로 불리우며, 최고봉은 성 예로니모(St. Hieronymus)봉이다.

바위산이 톱니처럼 강하게 서로 끌어당기고 있는 모습에서는 북부 스페인에 투영된 강골의 힘이 느껴진다. 산의 좋은 기

운을 받아 카탈루냐 지방이 잘산다고들 한다. 자고로 인간은
자연과 가까이 살아가야 하는 법이다.

카탈루냐 예술가 가우디의 〈사그라다 파밀리아〉가 '신성한
산'에서 영감을 받았음은 자타가 공인한 사실이다. 자연은 예
술의 어머니임을 다시 한 번 실감한다.

김홍근(한국교회사 연구소)은 이렇게 말했다.

"몬세라트에 대한 가장 명확한 기록은 위프레도(Wifredo) 백
작에 의한 것이다. 888년 십자군전쟁 때 이 산에서 아랍인들
과 전투를 벌이고, 산타마리아 디 몬세라트 은수처(隱修處)에

대해 기록해두었다. 1023년 그의 증손자 리폴(Ripoll) 신부가
은수처를 확장하여 수도원을 설립하였다.

　13세기 이후 카탈루냐 지방을 지배한 아라곤왕국이 지중해
의 해상 패권을 차지하자, 몬세라트의 검은 성모는 아라곤왕
국의 전 영토 내에서 국가의 수호자로 받아들여졌다. 그리고
1409년 교황 베네딕트 13세에 의해 독립된 수도원이 되었다.

　15세기 스페인을 통일한 이사벨·페르난도 공동왕은 카탈루
냐 독립군을 진압하였다. 수도원에 거주하던 카탈루냐 출신
수도자들을 축출하고, 〈왕립 바야돌리드(Valladollid) 수도원〉을
관리 하에 두었다. 이후 상당 기간 동안 정치적 갈등을 겪었

다. 그럼에도 불구하고 시스네로스(Garcia Jimenez de Cisneros)같은 수도원장이 배출되어 수도원은 더욱 번창하였다. 그리고 순례의 발길도 끊이지 않았다. 그러자 이사벨 여왕은 몬세라트의 성모에 대한 신앙을 스페인의 새로운 식민지를 통치하는 구심점으로 활용하였다. 특히 콜럼버스가 신대륙을 발견하자, 몬세라트 출신의 보일(Bernardo Boil) 신부를 그곳에 파견하여 신앙에 힘쓰게 하였다. 보일 신부는 중남미에 파견된 첫 선교사였다. 이후 〈몬세라트 수도원〉은 중남미를 선교하는 중요한 거점 중의 하나가 되었다.

황금시대를 지나 1811년 나폴레옹(Napoléon Bonaparte)이 스페인을 침공했을 때, 저항의 거점이었던 〈몬세라트 수도원〉은 파괴되었다. 그리고 1936년 스페인 내전에서는 공산주의자들이 수도원을 약탈하고 수도자들을 죽이기도 하였다. 1939년 1월 공산당이 패망하자, 수도원의 기능이 회복되었다. 교황 비오 11세가 파견한 문타다스(Muntadas) 수도원장이 오늘날의 모습으로 다시 일으켰다.

다시 옛 영화를 되찾은 〈몬세라트 수도원〉은 〈산티아고 데 콤포스텔라 대성당(Catedral de Santiago de Compostela)〉, 사라고사의 〈필라 성모 대성당(Basilica de Nuestra Senora del Pilar)〉과 함께 스페인의 3대 순례지로 손꼽힌다.

종교와 국적을 불문하고 많은 이들이 〈몬세라트 수도원〉을 찾는다. 그리고 그들은 모두 순례자다. 이곳에 있는 80명의 베네딕토회 수사들이 한결같은 모습으로 그들을 맞이하고 있다. 에스콜라니아 소년 합창단(Escolanía de Montserrat)의 찬양하는 모습은 이곳에서만 만날 수 있는 또 하나의 성스러운 광경이다.

말로 계곡의 가장자리에 베네딕도회의 〈산타마리아 데 몬세라트 수도원〉이 있다. 대성당 바실리카(Basilica)로 들어가 '라 모레네타(La Moreneta)'라고 불리우는 오래된 검은 성모상을 친견하였다. 성모마리아가 들고 있는 둥근 공을 만지며 소원을 빌면 그 소원이 이루어진다고 해서 줄이 꽤나 길다.

힘든 일이 있을 때 간절함으로 찾는 곳이 어디 깊은 산뿐이겠는가? '제가 힘듭니다'라며 토해내고 위안과 마음의 치유를 얻고자 하는 우리들의 모습이 여행자의 모습으로 잠시 서 있을 뿐이다.

검은 성모께 마음속으로 도움을 청하고 있다. 여행지에서 돌아와서 시간이 지나더라도, 어떤 종교를 믿더라도, 성모상에 위안을 받고 싶은 우리의 모습은 공평하다. 심지어 기념품으로 구입한 검은 성모상에게까지 몬세라트의 기운을 받고자 한다. 나에게도 톱니와 같은 강골한 산의 기운을 선물하려 한다. 산이 살아온 흔적을 나는 담아가고 있다.

스페인은 로마인의 침략의 역사를 인류문화유산의 역사로 재해석하는 나라이다. 강한 신념을 가진 북부 스페인 사람들, 유럽의 조상이 바스크 지역으로부터라는 자부심을 가지는 사람들이다. 산 호안(Sant Joan) 전망대에 오르니 피레네 산맥과 지중해의 풍광이 펼쳐진다.

세계에서 가장 큰 궁전 건축물로 중국의 〈자금성(紫禁城)〉을 꼽는다. 그러나 현재 국왕이 사용하고 있는 왕궁은 몇 안된다. 스페인 〈마드리드 왕궁(Palacio Real de Madrid)〉은 현재까지도 왕실에서 사용하고 있는 궁전으로, 품격 있고 잘 관리된 내부 장식이 돋보인다.

연회장에 자리한 대형 식탁의 화려함과 압도적인 크기는 과거 유럽을 지배하던 때의 국력을 말해주고 있는 듯하다. 만찬을 준비하고 있는 연회장에는 화려한 꽃이 각각의 식탁 앞에 장식되어 있다. 참 부러웠다.

과거의 왕은 그림으로 남겨져 있고, 현재의 왕은 대형 사진 속에서 웃고 있다. 스페인 국왕 펠리페 6세(Felipe VI, 1968~)의 가족사진이 부러웠다. 사진인줄 알았더니 그리는데 20년이나 걸린 안토니오 로페즈 가르시아(Antonio López García, 1936~, 스페인의 화가)의 〈왕가의 가족〉이라는 초상화였다.

역사와 함께 숨 쉬고 있는 인적 자원은 생명이 짧지 않다. 그들의 유전자에는 조상의 유전자가 맥맥(脈脈)이 흐르고 있다. 왕가의 단절과 민족 분단의 현실에 처해 있는 나라에서 태어난 나는 그들이 부럽다. 그들도 많은 대가를 치렀지만 우리는 아직 치러야 할 대가가 촘촘하게 남아 있다.

　　스페인 〈마드리드 왕궁〉은 화려한 바로크식 왕궁 중의 하나이다. 태양왕 루이 14세(Louis XIV, 1638~1715)의 손자 펠리페 5세(Philip V, 1683~1746)는 어린 시절의 향수를 달래기 위해 자신이 살았던 프랑스의 〈베르사유 궁전(Château de Versailles)〉처럼 〈마드리드 왕궁〉을 지으라고 명하였다.

이슬람의 요새였던 자리에 세워진 〈마드리드 왕궁〉은 화재를 예방하기 위해 돌과 화강암으로 건축하여 1764년 완공되었다. 그의 아들 카를로스 3세(Carlos III)부터 알폰소 13세(Alfonso XIII)가 왕정의 문을 내린 1931년까지 약 200년간 스페인 국왕들의 공식 거처로 사용되었다.

왕궁의 외관은 하얀색으로 화려하고 웅장하다. 한 면의 길이가 140m나 되는 장방형의 건축물이다. 왕궁 안의 방은 2,800여 개이고, 19세기식 내부 장식이 보존되어 있다. 왕궁 내부에는 스페인 왕가가 수집해온 역사적인 작품들이 전시되어 있으며, 13세기 이전의 무기와 왕실 가구들도 잘 보존되어 있다.

스페인 왕궁은 성당을 끼고 있다. 〈마드리드 왕궁〉 정면에는 〈알무데나 대성당(Catedral de la Almudena)〉이 있다. 마드리드의 수호성모 '알무데나'를 기리며 신고딕과 네오클래식 양식으로 지어졌다.

알무데나는 '성벽'이라는 뜻을 가진 아랍어다. 이슬람 세력이 마드리드를 점령하자, 성모상을 알무데나 성벽 속에 숨겨두었고 그로부터 370년 뒤 성모상이 성벽 속에서 발견되어 대성당에 붙인 이름이다.

1561년 스페인의 수도가 톨레도에서 마드리드로 이전되었을 때에도 스페인 교회의 중심지는 여전히 톨레도였다. 새 수도인 마드리드에 주교좌 성당을 짓자는 이야기는 꾸준히 나왔으나 1883년에서야 건축이 시작되었다. 그렇게 지어진 〈알무데나 대성당〉은 1993년에 완공된 후 교황 요한 바오로 2세에 의해 축성되었다.

왕궁의 화려한 방에 들어왔다. 비록 약탈과 수탈로 지은 것이라지만 시대적 배경을 위에 두고 감상해본다. 바로크식의 화려한 방들은 각각 색깔과 디자인이 다르다. 왕이 바뀌면 스타일이 바뀌었고 왕 자신의 이미지 부각을 위한 데코레이션도 달라졌다.

그중 눈에 익숙한 것이 있었는데, 바로 중국의 당초(唐草)무늬가 장식된 도자기였다. '당초'는 이슬람인이 당나라에 부탁하여 만든 무늬라고 하여 붙은 이름이다.

'도자기의 방'이라 불리는 곳은 벽과 천장이 모두 도자기로 장식되어 있다. 녹색과 흰색의 도자기 장식이 콤비네이션을 이루고 있으며 도자기 장식품 또한 볼 수 있다.

흔히 도자기의 발상지를 중국이라고 한다. 그러면 순위를 중국, 한국, 일본으로 알겠지만 중국과 일본은 서로 경쟁하여 도자기를 상품화하였고, 우리는 우물 안의 개구리처럼 청자, 백자에만 의미를 부여하고 있었다. 근대유럽 도자기 역사의 분수령은 1602년 중국 청화백자 경매사건이다.

유럽인이 중국의 청화백자에 열광한 것과는 달리 1597년에 일어난 조선과 일본의 정유재란(丁酉再亂, 1597~1598)은 일본에서는 '도자기 전쟁'이라고 불린다. 1592년 임진왜란(壬辰倭亂, 1592~1598)을 기점으로 만들기에 기반이 된 도자기는 훗날 일본을 다시 일으켜 세우는데 결정적인 역할을 했다.

명(明)과 청(淸)의 교체기에 유럽에 도자기 수출이 막힌 틈을 타 일본의 아리타(有田) 도자기는 유럽의 주문을 받아 선풍적인 인기를 끌어 1650년대 첫 수출된 이래, 70년 동안 700만 점이 넘게 팔려나갔다고 한다.

민경훈 논설위원은 이렇게 말한다.

"역사에 가정은 없다지만 만약 조선이 도공들을 일본처럼 우대해 그 가치를 알아보고 도자기를 서방에 수출할 수 있었다면, 하멜을 포로가 아닌 서양문물 수입의 창구로 활용했더라면, 조선이 일본의 식민지가 되는 일도, 지금처럼 남북으로 갈려 으르렁대는 일도 아마 없었을 것이다."

왕궁의 방들 중 일본의 방, 중국의 방을 보면서 그곳에는 없는 한국의 도자기를 처연하게 그려본다. 우리가 살아가는 데 있어 과거에 얽매이지 않는 것도 중요하지만, 지난 것을 기억하는 것 또한 못지 않게 중요함을 새삼 실감한다.

돌아와 편안해 하는 순간을 생각하고
여기서 나가고자 한 지점을 기억하다

우리 함께 여행 한번 다녀오자
그래, 그럼 좋을 것 같다
그리고 함께 가서 좋았다

같이 나눈 시간들
받아들여야 할 각자의 조각들
잊어버려야 할 자신의 어리석음

나의 관심사가 무엇인지
내가 무엇에 끌리는지 알게 되어서 좋았다
쌓다가만 나의 성을 고치며 기다리고 있는 나를 보았다

피카소가 한 말이 나의 것이 되었다

Learn the rules like a pro, so You can break them like an artist.

전문가처럼 기존의 규칙을 배워라. 그래야 아티스트처럼 그 규칙을 깰 수 있다.

헤밍웨이가 한 말이 나의 것이 되었다

Hemingway wrote to wear He pencil sack everyday.

헤밍웨이는 날마다 연필 열 자루가 닳도록 글을 썼다.

카우프만이 한 말이 나의 것이 되었다

New way of singing and more relaxed in my voice and in myself.

새로운 발성법을 익히며 여유 있게 노래하는 방법을 깨우친다.

'엘 그레코가 그린 아름다운 손'에서
'플라멩코 무희의 손'으로
'부르니의 왼손'으로 터져 나왔다
카를라는 그들의 '아름다운 손'을 알고 있음에 틀림없다

피카소가 나에게 이야기하고 헤밍웨이가 이야기를 건네다
그리고 요나스 카우프만이 노래하다
내가 행복하게 살 수 있는 지뢰를 심어놓는다

어떤 상황에서 무슨 일이 일어날지 알 수는 없다.
내 가슴속에 지뢰가 터진다.
김수영의 시(詩)처럼

시인 김수영은 〈감정의 절정에 서서〉에서 어떤 작가가 육
십이 넘어서도 글을 쓴다면 절정의 자리에 서 있는 것이라고
했다. 이 책은 나를 다독이고 나의 마음을 쓰다듬으며 세상에
내보내는 결과물이다.

　　문득문득 올라오는 감정들
　　아침 이슬이 낙엽더미 위로 살포시 발을 내딛다
　　하루가 다르게 달라지는 가을의 잎들
　　떨어져 쌓여 모여 있는 것들

집시소녀 모자이크

B.C. 2세기 로마 시대의 모자이크이다. 인물을 스케치하고 모자이크의 느낌을 점묘법으로 접근하였다. 2000년 가까이 바래지 않은 색깔과 눈동자가 마음을 움직이게 한다.

올리브

줄기의 기가 대단하다. 천년을 훌쩍 넘긴 나무가 천천히 나이테를 돌리고 있다.

라만차의 풍차

아찔한 구조이다. 풍차에 매단 실패가 바람에 몸을 맡기고 짙은 파란 하늘 아래 천천히 움직이고 있다. 사람들은 저 멀리 라만차 평원을 보며 무슨 생각을 하고 있을까?

알람브라

스페인 대지의 붉은빛 점토 상자 사이로 내다보이는 알람브라 성. 사막에 내리꽂히는 강렬한 태양으로 만들어지는 그림자의 컬러는 흰색, 오렌지색, 담황색, 짙은 갈색, 실로 다양하다.

프라도 미술관과 헤로니모 성당

성당을 우러러보는 구도가 쉽지 않다. 그림자가 드리워진 미술관은 진홍빛으로 표현되었다. 미술관 통로의 입구에 각인된 글씨가 단단하게 버티고 있다.

세비야 대성당

베일에서 온 블랙에 숨은 짙은 갈색과 붉은빛에 고성의 웅장하고 화려한 조각이 살아 움직인다.

투우장

맑은 하늘 아래 펼쳐진 드넓은 황톳빛 흙밭, 한쪽으로 채워진 깊은 그림자. 사람들의 열정과 그와 대비되는 스토리가 존재하는 곳.

코르도바의 세네카

단단한 성문 앞에 자리 잡은 세네카가 온몸으로 햇빛을 받아내고 있다. 성문 위의 화살표 여장이 날카로운 그림자를 만든다.

©김순복

론다

하얀 베일에 레이스 부채를 든 강렬한 눈빛의 여인들, 지중해의 찬란한 햇빛과 청명한 코발트빛 하늘 아래 여인들이 새겨진 하얀 벽은 눈부신 대비를 이룬다.

©김순복

카를로스 5세 궁전에 키스하는 소녀

15도 정도 기운 건물과 인물 사이의 적당한 기울기를 찾아낸다. 돌조각의 겹침과 비례를 찾고 돌들과 사람의 서로 다른 움직임을 표현한다. 소녀의 감상을 살려 인물과 장소의 만남의 시간을 담아본다. 스페인과 첫 키스하는 소녀의 모습이다.

Offer PHOTO

Part01 **La Rambla** Roman Belogorodov/Shutterstock.com, nito/Shutterstock.com **Park Guell** kurbanov/Shutterstock.com **Casa Battlo** Luciano Mortula LGM/Shutterstock.com **Casa Milla** Yurii Andreichyn/Shutterstock.com **Casa Vicens** Olga Visavi/Shutterstock.com **Sagrada Familia** Gustav Navarro/Shutterstock.com, Kiev.Victor/Shutterstock.com, Paopano/Shutterstock.com, Pe3k/Shutterstock.com **City of Arts and Sciences** FCG/Shutterstock.com, S-F/Shutterstock.com, Fabio Bernardi/Shutterstock.com **Spanish village** paulzhuk/Shutterstock.com
Part02 **Puerta del Sol** Valery Bareta/Shutterstock.com, aquatarkus/Shutterstock.com **Gran Via** AAphotograph/Shutterstock.com **Museo del Prado** DFLC Prints/Shutterstock.com, TMP_An_Instant_of_Time/Shutterstock.com **Reina Sofia Art Center** Alastair Wallace/Shutterstock.com, EQRoy/Shutterstock.com **Thyssen Bornemisza museum** 4kclips/Shutterstock.com **El Valle de los Caidos** JJFarq/Shutterstock.com **Stone devoted to the Robert Capa** pedrosala/Shutterstock.com **Ernest Hemingway in Madame Tussauds** Anton_Ivanov/Shutterstock.com **A tiled wall in Gernika** tichr/Shutterstock.com
Part03 **Cordoba Jewish quarter** aimy27feb/Shutterstock.com **Alcazar** SkandaRamana/Shutterstock.com, akturer/Shutterstock.com
Part04 **Granada** MeinPhoto/Shutterstock.com **Albaicin quarter** Dziewul/Shutterstock.com **Alhambra** inalex/Shutterstock.com, Vlad G/Shutterstock.com, GConner Photo/Shutterstock.com, Cezary Wojtkowski/Shutterstock.com
Part05 **Ronda bullring** EnricoAliberti ItalyPhoto/Shutterstock.com, Roel Slootweg/Shutterstock.com
Part06 **MIJAS San Sebastian Church** Philip Bird LRPS CPAGB/Shutterstock.com **Vineyard** KikoStock/Shutterstock.com
Part07 **Stamp printed in the Diego Velazquez 〈The Lunch〉** Boris15/Shutterstock.com **Museo Picasso** csp/Shutterstock.com, Pit Stock/Shutterstock.com, EQRoy/Shutterstock.com, Maxisport/Shutterstock.com **Museo del Prado** Joseph Sohm/Shutterstock.com, Shiler/Shutterstock.com, Alastair Wallace/Shutterstock.com, Sean Pavone/Shutterstock.com, rubiphoto/Shutterstock.com, David Hérraez Calzada/Shutterstock.com
Part09 **Cathedral de Seville** akturer/Shutterstock.com, Ahn Eun sil/Shutterstock.com **Cathedral de Toledo** LAMBERTO JESUS/Shutterstock.com, dmitro2009/Shutterstock.com, Ami Parikh/Shutterstock.com, gary yim/Shutterstock.com **Santa Cruz quarter** Simona Bottone/Shutterstock.com, Irina Sen/Shutterstock.com
Part10 **Quixote decor** Teun De Voeght/Shutterstock.com Part12 **Palacio Real de Madrid** Efired/Shutterstock.com

스페인은 그리움이다

지은이 | 김순복
펴낸이 | 황인원
펴낸곳 | 다차원북스

신고번호 | 제2017-000220호

초판 1쇄 인쇄 | 2019년 06월 21일
초판 1쇄 발행 | 2019년 06월 28일

우편번호 | 04083
주소 | 서울특별시 마포구 양화진길 55, 308호(합정동, 신우빌딩)
전화 | (02)333-0471(代)
팩스 | (02)334-0471
E-mail | dachawon@daum.net

ISBN 979-11-88996-32-2 03810

값 · 15,000원

ⓒ 김순복, 2019, Printed in Korea

※ 잘못 만들어진 책은 구입하신 곳에서 교환해 드립니다.

이 도서의 국립중앙도서관 출판시 도서목록(CIP)은 서지정보유통지원시스템 홈페이지(http://seoji.
nl.go.kr)와 국가자료공동목록시스템(http://www.nl.go.kr/kolisnet)에서 이용하실 수 있습니다.
(CIP제어번호: CIP2019022795)